KB074553

한참을   울어도
몸 무 게 는   그 대 로

한참을   울어도
한참을
한참을
몸 무 게 는   그 대 로

김준 지음

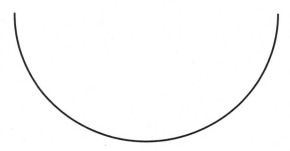

****

메
카르북스

작가의 말

솔직한 글을 써야겠다고 결심한 이후로 좀처럼 글을 쓰지 못했습니다. 솔직하게 쓰려면 많은 걸 버려야 하고, 숨겨 뒀던 속내를 끄집어내야 하니까요. 그러면 내 입으로 나는 착한 사람이 아니고, 꽤나 많은 거짓말을 해 왔으며, 소중한 사람들의 마음에 대못을 박기도 했다는 것을 세상에 널리 알리는 꼴이 되니까요. 이 글을 쓰는 순간에도 저는 두렵습니다. 얼마나 많은 말들이 거짓이고 위선이었는지……. 다 괜찮을 거라고, 다 잘될 거라고 말하는 건 진즉에 관뒀지만 아직도 갈 길은 멀어 보입니다. 하지만 저는 포기하지 않을 거고, 끝끝내 이 소신을 한 권의 책으로 묶을 수 있기를 간절히 바랍니다. 고맙습니다. 여기까지 읽어 주셨다면 당신은 저에게 빛입니다.

꼭 저에게 도착하기로 약속된 빛.

Intro

엄마는 이제 조금 더 밝은 글을 쓰라고 넌지시 말하지만 엄마, 내 세계는 아직 그렇게 명랑하지 못해요. 세상에 따뜻한 글은 너무 많아. 그러니까 저 밑바닥에 있는 목소리를 누군가는 기성의 세계로 쏘아 올려야 하고, 그게 나였으면 좋겠어요. 나는 예쁜 꽃밭을 보여주고 싶은 게 아녜요. 사람들은 누구나 속으로 비명을 질러. 근데 아무도 듣지 못하는 것 같아. 지금 이 순간에도 어디선가 울부짖고 있는 사람들의 소리가 계속 계속 들려요. 나는 그 소리들을 글로 치환하고 싶은 거예요. 그게 아니라면 어떤 글도 쓰고 싶지 않아. 언젠가 분홍의 이야기를 쓸 날이 올지도 모르겠지만 아직은 아녜요. 이런 저를 응원해 주어요. 그게 다예요.

한참을 울어도 몸무게는 그대로

우리는 매일 조금씩 슬프다
매 순간 미세하게 울고 있다는 것을
좀처럼 느끼지 못할 뿐
슬픔은 언제나 곁에 있다

차라리 한껏 울고 나면 나아질 거라
친구는 말했지만

과연 그럴까

울어도,
한참을 울어도 늘 거리는 있었고
자동차는 지나갔다
평소와 다를 바 없이
나와는 아무 상관 없다는 듯이

한참을 울고서 체중계에 올라도
그대로인 몸무게를 발견하는 것처럼
바뀌는 건 없다
울어도,
아무리 울어도

애석하게도

차례

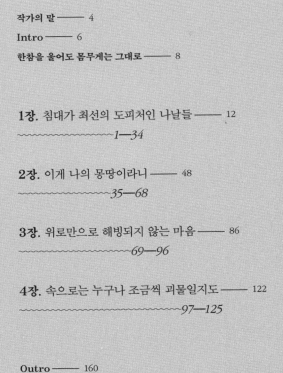

1장

침대가 최선의 도피처인 나날들

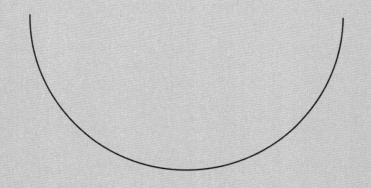

부디 행복에도 제 차례를 주세요 사랑
과 사람이 아니라면 도대체 삶에 무엇
이 남나요 그저 살아보려고 하는 사
람에게도 응원과 박수를 보내주었으
면 하는 작은 바람입니다 막상 폭우가
닥치면 잘 견딜 자신은 없지만서도 하
나의 문이 닫히면 또 다른 문은 열린
다는 믿음으로 시련은 그만 주세요 나
라는 존재를 세상으로부터 지켜내는
일 헐떡이며 달려가는데 매번 제자리
라니 엉망이 된 마음을 더 엉망으로
아픈 일은 매번 아프고 힘든 일은 매
번 새롭게 힘들다 손가락 사이로 솨—
아 빠져나가는 모래알처럼 어차피 죽
을 거 내 멋대로 살다가 죽고 싶다 예
쁘다 삶의 모자란 부분에 집착하지 않
고 눌러 담아야 할 순간들을 몽땅 지
나쳐 버리면 더욱 공허해지는 밤 같은
실수를 되풀이하고 느닷없이 슬퍼하
는 도무지 받아들일 수 없었던 일들

1

거울 속 모습이 세월을 욱여넣은 듯 지쳐 보인다. 마음은 모래알 사막처럼 거칠고 쓸쓸하다. 숟가락 들 기력조차 없는데 세상은 계속 페달을 밟으라고 재촉한다. 뒤처지면 다 죽는 거라고. 난 아무것도 하고 싶지 않은데, 마냥 멈춰 있고 싶은데. 이겨내라는 말은 제발 그만. 이런 나를 그냥 내버려 둘 순 없는 걸까.

그저 다 관둬도 괜찮다는 말만 듣고 싶다.

2

괜찮아질 거라는 말이 너무 흔해졌다. 이제는 따뜻한 위로가 아니라 인사치레 정도로 하는 말이 되었다.

"지금은 힘들지만 다 지나갈 거야. 결국 다 괜찮아질 거 너도 알잖아."

물론 알고 있다. 다만 우리가 진짜 힘든 이유는 언제 괜찮아질지 모르기 때문이다. 금세 잊히는 일도 있지만, 시간이 지날수록 더욱 괴로워지는 사건도 있으니까.

이처럼 슬픔에는 각각의 유통 기한이 있는데 그것이 언제 끝날지 가늠할 수 없어서 자꾸만 불안해진다. 불안감, 어쩌면 평생 슬픔을 안고 살아야 할지도 모른다는 두려움. 이런 것들이 삶을 무기력하게 만든다. 어차피 계속 두렵고 불안할 텐데 애쓴다고 나아질까 싶은 거다.

우울이 제 발로 떠날 리는 없으니 결국은 받아들이는 수밖에 없다. 생의 어쩔 수 없는 근심과 우울에 대해서.

3

속으로만 괴로운 나날들. 밖에서는 여전히 똑바로 걷는 사람이
어야 하고, 겉으로는 누구보다 멀쩡해야 하므로—

4

요즘은 마음에 먹구름이 빼곡히 차 있는 기분이다. 비는 오지
않는데 그렇다고 해가 뜰 기미는 보이지 않는 그런.
"뭐 그 정도 가지고 그래 인마, 나 때는 말이야." 하는 소리만
안 들어도 좀 나을 텐데. 가늘고 긴 우울은 이도 저도 아니어
서 사람을 더 애매하게 만든다. 차라리 비가 확 퍼붓기라도 하
면 좋으련만. 막상 폭우가 닥치면 잘 견딜 자신은 없지만서도.

5

우린 행복을 선택한 게 아니라

더 나은 불행을 택하며 살아왔을 뿐일지도

6

잇대어 끊임없이 죽고 있다고 생각하면, 보는 시각이 조금 달라진다. 열심히 살라는 말이 부지런히 죽으라는 말과 다르지 않다는 걸 사람들은 알까. 어째서 소중한 것들에 더 소홀해지는 걸까. 열심히 살아오는 동안 잃은 건 사랑이나 사람……. 그런데 사랑과 사람이 아니라면 도대체 삶에 무엇이 남나.

7

숱한 낭패와 체념을 무릅쓰더라도 지키고 싶은 것이 하나쯤 있어야 한다. 삶이 바닥 끝에 도착해도 그것으로 말미암아 살아야 하는 이유를 계속해서 더듬을 수 있게 되니까. 그러니 당신도 무언가를 꼭 껴안고 살아가길 바란다. 그게 일이건, 사람이건 아무럼 좋으니.

8

삶이 아픔을 끊임없이 동반한다는 것을 구태여 말하고 싶은 이유는 아무도 그렇게 말하지 않기 때문이다. 인생은 하늘이 준 선물이라고, 산다는 건 즐거운 거라고 흔히 이야기하지만, 내게 인생은 마치 실험 같다. 인간이 얼마나 버틸 수 있나 측정해 보는 실험. 그 실험에서 살아남은 사람들이 다음날 또 다른 실험을 버티는 거다. 나도 어디까지 견딜 수 있을지 모르겠다.

"지금 밖에 첫눈이 온대요!"

밖을 보니 정말로 눈이 듬성듬성 오고 있었다. 눈을 감고 기도할 시간. 잘되게 해주세요. 시련은 그만 주세요.

부디 행복에도 제 차례를 주세요.

9

최근에 웃어 본 기억이 별로 없다. 정확히는 '행복한 얼굴'로 한 껏 웃었던 기억이 없는 것 같다. 회식 자리에서 혹은 상사에게 혼나다가 겸연쩍게 웃었던 적은 있지만 행복과는 거리가 멀다. 행복이라고 해서 거창한 게 아니라 친구들과 덧없이 키득대는 것으로도 충분할 텐데 요즘은 그런 일상적인 대화마저 메말라 버렸다.

사람들은 한 시간이 멀다하고 열띤 회의를 하지만 정작 서로 가 무얼 좋아하는지, 어떤 꿈이 있는지, 하다못해 밥은 먹었는 지조차 관심이 없다. 다들 무표정이고 무감각하다. 그런 사람 들 속에서 웃음을 찾으려는 건 지나친 사치일까.

10

언젠가 책을 쓰게 된다면 꼭 나 같은 사람들에게 해 주고 싶었던 말이 있다. 남들과 다르다고 해서 자신을 바꾸려 할 필요는 없다고. 당신은 절대 이상하고 어리석은 사람이 아니며, 설령 주변 사람들이 모두 그렇게 이야기하더라도 당신은 지금 모습 그대로 살아가면 된다고. 내겐 아무도 이런 말을 해 주지 않았으므로 꽤나 먼 길을 돌아왔고, 그 길은 결코 유쾌하지 않았으니 부디 당신은 그러지 말라고.

11

문득 한계를 직감하는 때가 있다. 포기하고 싶지 않아서 어떻게든 버티다가 지칠 대로 지쳐 버린 느낌. '여기까진가?' 하는 생각이 마음을 덮으면 대낮에도 앞이 캄캄해진다. 열심히 하면 모든 게 가능할 거라 믿는 사회에서 불가능을 인정하는 건 곧 낭패다. 이대로 한계를 용납하는 건 부끄러운 일일까.

"불가능은 없어. 포기가 있을 뿐이지."라고 할지도 모르겠지만 이제는 불가능을 인정하고 싶다. 아무도 그만두라고 말해 주지 않지만 이제는 포기하고 싶다.

하나의 문이 닫히면 또 다른 문은 열린다는 믿음으로.

12

지친다고 말했더니 우는소리 그만하라는 대답이 돌아왔다. 알면서도 매번 깜빡한다. 다른 사람의 일을 자기 일처럼 생각해줄 사람이 존재할 리 없다는 것을.

13

행동 하나하나에 의미를 두고 싶지 않지만 어쩌다 툭 던진 남의 말 한마디 때문에 하루를 망치는 일이 허다하다. 타인에게 감정을 휘둘려선 안 된다는 걸 알면서도 마음이 혼란스럽다. 내 존재를 어떻게든 물어뜯으려는 하이에나들 사이에서 나를 지킬 수 있을까. 나 자신이 아니고서는 할 수 없는 일이지만 번번이 실패한다. 나라는 존재를 세상으로부터 지켜내는 일.

14

분주한 하루. 여러 가지 일들이 각기 다른 사연으로 내게 도착한다. 어지럽다. 아무리 분투해도 해결되지 않는 일들이 허다하고, 좀처럼 갈피가 잡히지 않는다. 헐떡이며 달려가는데 매번 제자리라니. 제자리 뛰기를 반복하다 보면 결국 인정하게 된다. *이런 게 지구 살이구나. 암만 노력해도 변하지 않는 것들이 있구나.*

15

자주 겪는다고 모든 일에 익숙해지는 건 아니다.

아픈 일은 매번 아프고, 힘든 일은 매번 새롭게 힘들다.

16

손가락 사이로 쏴—아 빠져나가는 모래알처럼 한사코 붙잡아 둘 수 없는 일들이 있다. 가까스로 왔다가 금세 가 버리는 봄이나 그와 닮은 청춘이라는 시간, 이미 식어 버린 마음 혹은 제발 그만하자는 말을 남기고 뒤돌아 떠난 사람.

지나고 보면 다 부질없는 순간들 같아서 허무해진다. 결국 가 버릴 것들을 왜 그리 열렬히 애정하려 했는지. 기회라도 한 번 더 주지 그렇게 홀연히 사라지고 나면 남겨진 사람은 어떡하라고……

17

그나마 다행인 건 봄은 반드시 돌아온다는 것. 물론 지나간 봄
과는 전혀 다른, 새로운 봄이기 때문에 이전의 실수들을 만회
할 기회는 다시 없겠지만.

18

깨진 유리 조각처럼 상처 없이는 마셔 넘길 수 없는 일들을 우리는 어떻게 소화해 내야 할까. 그런 일들이 삶의 어쩔 수 없는 일부이고 내 힘으로 도려낼 수 없는 세상의 해묵은 껌딱지라면…….

19

내겐 악마나 다름없는 사람이 누군가에게는 한없이 곱고 다정한 사람일 수 있다는 걸 마음으로 이해하는 데까지 얼마나 오래 걸렸던가. 보지 못했던 세상의 이면과 사람의 양면. 실은 그 모든 것이 하나의 둥근 면으로 이어져 있다는 것을 깨닫는 과정은 또 얼마나 쓰라렸던가.

양면이 아니라 둥근 면. 바다로 계속 나아가면 낭떠러지가 있다고 믿던 사람들은 지구가 둥글다는 걸 알고 무슨 생각을 했을까. 세상의 모든 일이 결국은 한 몸으로 굴러다니는 축구공과 같다면, 도무지 받아들일 수 없었던 일들에 대해서도 조금은 끄덕일 수 있을 것 같다.

20

내 힘으로는 어찌할 수 없는 일들이 나를 잡아 두는 동안 남들
은 또 저만치 달려간다. 은연중에 남들과 나를 일직선상에 놓
아두고 또 의미 없는 비교를 하고 있다. 인생은 사막을 걷는 것
과 같아서 방향을 틀면 또 다른 삶이 펼쳐지겠지만 새로운 길
은 왠지 모르게 두렵다. 모험을 하는 것도, 그렇다고 현재의 삶
을 살아가는 것도 택하고 싶지 않다면 지나친 욕심일까.

21

저물녘 하늘이 꽃노을로 붉게 물들어 있다. 아— 예쁘다, 라고
생각하면서도 마음은 여전히 답답하다. 쉬이 나아지지 않는다.
마음에서 키운 병은.

22

10층에서 떨어지나 20층에서 떨어지나 죽는 건 마찬가지니까, 라는 말을 자주 한다. 이미 저지른 일이면 더 확실하게 저지르자는 의미다. 애매하게 할 바에는 그편이 더 매력적이니까.

상황에 따라서는 지조 있게 살자는 뜻이 되기도 한다. 내키지 않는 일은 과감하게 제쳐두고, 하고 싶은 것부터 하자는 막무가내 마인드. 주변 눈치를 보며 남들 의견에 따라 사는 건 아무래도 내 스타일이 아니다. 생각해 보면 100층쯤 가서 떨어지나 10층에서 떨어지나 별반 차이 없을 것 같다. 어차피 죽을 거 내 멋대로 살다가 죽고 싶다.

23

누구에게나 모자란 부분이 있다. 그런 부분이 있으면 노력해서 채우라고 배웠지만, 부족한 것을 메꾸기 위해 계속 애쓰다 보면 삶이 정말 피폐해진다. 결핍은 메꾸는 게 아니라 어쩔 수 없이 인정해야 하는 나의 일부다. 결핍을 감춰야만 하는 치부로 여길 필요도 없다. 자꾸 숨기다 보면 거짓말만 늘어갈 뿐. 그 거짓말을 뒷받침하기 위해서 또 다른 백한 개의 거짓말이 필요할지도 모를 일이다. 무언가 결여된 나, 조금 못난 나도 사랑받을 자격이 충분한 하나의 존재다. 남들은 몰라줘도 나 자신만큼은 나를 알아줘야 하지 않겠나.

24

바다다! 저게 바다야?
아니, 여긴 호수야.
왜 호수야? 여긴 바다야!

호수를 호수 이상의 것으로 보는 어린아이의 시선이 부러웠다.
착각이어도 좋으니 그 아이처럼 주어진 것보다 더 많은 걸 보
고 느낄 수 있길 문득 바랐다. 그러면 삶의 모자란 부분에 집
착하지 않고 지금 가진 것들에 대해 충분히 감사하며 살아갈
수 있을 것만 같은데.

25

스스로가 세상에서 가장 처량하고 딱한 것처럼 느껴질 때가 있다. 혼자만 크고 무거운 짐을 지고 있는 것 같은 기분. 타인의 슬픔은 말 그대로 타인의 슬픔일 뿐이다. 물론 그 슬픔까지 헤아릴 줄 아는 사람이 되고 싶지만 당장은 그런 여유가 없다. 마음이 넉넉해야 베풀 힘도 생기는데, 텅 빈 마음으로는 아무래도 버겁다. 누군가 타인을 위해 희생하는 모습이 숭고하고 아름답지만, 자기 자신부터 돌보려는 인간에 대해서도 인간적이라고 말해 줄 수 없는 걸까.

그저 살아보려고 하는 사람에게도 응원과 박수를 보내주었으면 하는 작은 바람이 있다.

26

나는 돌멩이, 라고 적은 종이 뭉치를 필사적으로 던지는 사람.
언젠간 세상이라는 유리창이 깨어질까.

27

하루하루 억누르고 사는 사람에게는 침대가 최선의 도피처다. 일상을 밀고 나가는 게 힘에 부치고, 주어진 현실로부터 피하고 싶은 마음이 간절할 때 특히 그렇다. 자고 일어나도 해결된 것 하나 없는 아침을 맞겠지만 그걸 알면서도 혼곤히 잠들고만 싶다. 잊고 싶은 것과 잃기 싫은 것 그리고 미처 갖지 못한 것들에 대한 걱정을 모두 단잠으로 치환할 수만 있다면 애써 눈을 감는 버릇도 그만둘 수 있을까.

28

이 세계가 꼭 따뜻하지만은 않으며 가끔은 불편한 진실까지 감내해야 한다는 것. 너무도 당연한 이 사실이 우리를 부쩍 괴롭힐 것이며 그 시절을 건너가기 위해서 꽤나 많은 시간이 들지도 모른다는 것.

29

다 잘될 거라는 턱없이 낙관적인 믿음이 우리를 더 연약하게 만든다. 정말 필요한 건 아주 날카로운 모서리에 부딪혀도 견뎌 낼 힘을 기르는 것. 잘될 거라 생각하는 것과 할 수 있다고 믿는 것은 완전히 다르다. 절망이 닥쳤을 때 그 상황을 헤쳐나갈 수 있는 사람은 자기 자신을 믿는 사람이지, 운을 믿고 기도하는 사람이 아니다.

30

착한 아이 증후군. 어른이 되어서도 감정을 솔직하게 표현하지 못하고 타인에게 착한 사람으로 남기 위해 스스로를 지나치게 억압하는 병. 시키면 시키는 대로, 부당한 일은 부당한 대로 당하면서 한사코 견디는 바보 같은 사람이고 싶지는 않은데……. 나이만 늘었을 뿐 속에는 아직도 어린아이가 살고 있다. 참 바보 같은 어른 아이가.

31

마음이 자꾸만 중앙선을 넘어선다. 나와 결이 맞지 않은 일들이 서로 추돌하면 찌그러지는 건 매번 내 쪽이다. 연신 망가진 마음을 데리고 돌아오는 저녁. 누군가 너는 잘못 없어, 하고 말해 주면 괜히 울컥할 것 같다.

온전히 내 걱정을 해 줄 사람이 과연 있을까.

누구나 자기 삶이 가장 바쁘고 급하니까 아무래도 그건 힘들겠지. 차라리 아무도 없는 곳으로 떠나서 엉망이 된 마음을 더 엉망으로 만들어 버리고 싶다. 하지만 다친 쪽은 늘 갈 곳이 없는 법. 오직 나를 위해 달려오는 빛이 있을 거라는 일말의 희망도 도움이 되지 않는 밤이다.

32

나는 인간. 일절 변하지 않는. 아니 변할 수 없는. 그래서 같은
실수를 되풀이하고 느닷없이 슬퍼하는.

33

한 사람의 성격이나 태도, 말투와 신념은 그 사람이 지금까지 살아온 삶의 결론이다. 함부로 바꾸려 해서는 안 된다. 쉽게 변하지도 않거니와 가까스로 조금 바뀌는 데 성공하더라도 간신히 눌러놓은 용수철처럼 이내 튕겨 올라 제 모습을 찾아간다. 맞추려고 하는 것도, 맞추라고 강요하는 것도 다 소용없다. 상대에게 바뀐 모습을 기대하는 건 이미 끓고 있는 물을 더 펄펄 끓이는 것과 같다. 지나치고 과도하고 과격하다.

34

늘 행복을 위해 살자고 말하면서도 막상 그런 순간이 찾아오면 행복해도 되는 걸까, 싶어진다. 오지도 않은 불행을 미리 데려와서 앓는 이상한 습관. 좋은 순간들을 있는 그대로 즐기는 게 어색하다. 눌러 담아야 할 순간들을 몽땅 지나쳐 버리면 덧없는 인생에 무엇이 남을까. 헛헛한 마음에 무어라도 채우고 싶어 더욱 공허해지는 밤. 해는 매일 뜨지만 터널은 여전히 깊고 어둡다.

2장

이게 나의 몽땅이라니

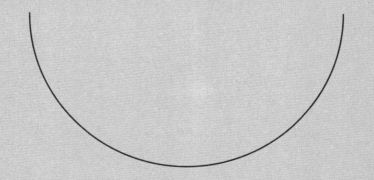

불발로 끝난 인연 전혀 애쓰고 싶지
않다는 것 그건, 우리가 충분히 나쁘
지 못한 탓 연약하게 부서지는 절망
좀 더 나태해지고 싶다 무기력은 좋은
핑계가 되니까 '희망 고문'이라는 단어
는 또 얼마나 자연스럽게 발음되는지
텅 빈 운동장 따뜻하고 포근하듯이
슬픔을 비교한다는 게 애초에 가능한
일일까 다음 봄은 괜찮을까 사뭇 자
신이 없다 고장난 엔진으로 달리는 자
동차 심장보다 가까운 내 사람의 투정
같은 것들 경고등 과거를 자주 꺼내
보는 관성 적어도 숙취가 가실 때까지
는 위험사각지대 애쓰다 보면 우리도
지구처럼 둥글어질 수 있지 않을까 한
사람의 몽땅이 몽당이 되는 일 양치기
소년의 말 어른들의 마음 도시의 찬란
한 밤 내게 다정하지 마세요 한번 더
믿었다간 완전 찌그러져 버릴 것 같다
나의 마음이

35

같은 하늘에 있으면서도 다시 만날 수 없는 사람이 있고, 죽어야만 가닿을 수 있는 곳으로 떠나 버린 이도 있는데 어느 쪽으로나 애석하기는 마찬가지다. 내 날들을 다 주어도 그들과 다시 마주할 수 없다. 그저 어디서건 잘 지내기를 바랄 뿐이다.

그때 못 해 줘서 미안해.
할 수 있는 건 겨우 이런 말. 또는 고맙다는 말.

어디에도 당도할 수 없을 말. 고작.

36

몽당연필이 자꾸만 이게 나의 몽땅이에요, 하는 것 같다. 그게 너의 몽땅이라니, 그게 너의 최선이라니. 그래 나도 누군가에게 는 몽당연필이었지. 나의 온 정성과 노력이 당신에게는 너무도 작아서 아무것도 아닌 게 되는 일. 전부를 주어도 손사래를 돌 려 받는 일. 한 사람의 몽땅이 몽당이 되는 일……

37

기대만큼 실망한다는 것을 사무치게 깨닫고 나서는 사람에게 희망을 걸지 않는다. 희망에 걸 판돈이 있다면 차라리 술집으로 가겠다. 사람을 한 번 더 믿을 바에, 괜히 믿었다가 또다시 비참해질 바에, 혼자 비참해져서 자꾸만 차가운 거리를 맴돌며 추적추적 절망을 흘리고 다닐 바에.

38

아무리 두드려도 대답 없는 마음이 있지.
한여름 무더위에도 살얼음을 걷게 하는…….

39

기댈 곳을 잃은 사람들과 마음을 이사하다 지쳐 떠도는 사람들. 사랑하는 사람이 떠난 자리에 어떻게 새 길이 나나 골몰했던 시인은 어떻게 되었을까. 어렵사리 새 길을 받고 잘 갈 수 있었을까. 나는 자꾸만 거슬러 가려는 사람. 아무리 걸어가도 닿을 수 없는 과거가 누구에게나 있다. 불발로 끝난 인연이 어쩌면 마지막 탄환이었을까 하고.

40

살아 있어서 살아가는 나날들. 지나간 어제가 오늘과 다를 바 없고 다가올 내일이 전혀 새롭지 않다는 것. 믿었던 사람들은 내게 아무도 믿지 말라는 말을 남기고 떠났으므로, 산다는 건 더없이 혼자인 것. 도시의 찬란한 밤과 아련한 홀로. 당신은 어디까지 당신입니까. 내게 다정하지 마세요. 보이는 건 보이지 않는 걸 너무 잘 가려주니까요. 살아가서 그냥 살아지는 나날들. 바뀔 것도 없고 바꿀 수 있는 것도 없어서 전혀 애쓰고 싶지 않다는 것.

41

'진짜'라는 말을 많이 하는 사람일수록 더욱 믿음이 가지 않는
다. 진짜로 좋아해, 진짜로 안 그럴게, 하는 말에 얼마나 자주
걸려 넘어졌었나. 하지만 이러다 진짜 순수한 진심이 내게 도착
했을 때 그냥 보내 버릴까 봐 두렵다. 늑대가 나타났다는 양치
기 소년의 말을 믿지 못했던 마을 어른들의 마음처럼.

42

호의로 대할수록 사람들은 당신을 어떻게든 이용하려 할 것이다. 당신의 선심을 당연하게 여길 것이고, 한번 신경 쓰지 못한 일이 생기면 오래 쌓아 온 정성을 단번에 망각해 버릴 것이며, 당신의 입장 따위는 안중에도 없을 것이다.

나한테 어떻게 그럴 수 있어요?

그럴 수 있다. 세상이 그렇다. 누구를 욕할 것도, 애써 베푼 게 아깝다 생각할 필요도 없다. 혼자 노력하고 혼자 버려진다면 그건 우리가 좀 더 나빠지지 못한 탓이다. 그건, 우리가 충분히 나쁘지 못한 탓이다.

43

왜 자꾸 사람을 믿지 못하냐는 말은 뺑소니다. 진실로 믿었던
것이 연약하게 부서지는 절망을 그들은 알까.

44

믿어 달라는 말이 굼뜨게 깜빡이는 주황 신호 같다
사거리, 교차로, 주황 신호
꼭 지나가도 괜찮을 것 같은데
건너편에 연쇄 추돌한 승용차들
연신 쓰러지는 사람들

한번만 믿어 줘,

자꾸만 차를 돌리고 싶다
한번 더 믿었다간 완전 찌그러져 버릴 것 같다
나의 마음이

45

사진의 사각 프레임 속에 들어 있는 나의 모습을 본다. 단정하게 차려입은 네이비 수트. 어느 호텔 43층의 투명한 창문. 물결치는 한강이 아득히 내려다보이고, 마포대교 위로 빼곡히 들어찬 자동차 헤드라이트 불빛들. 작고 요염한 모양의 샴페인 잔을 들고 살짝 뒤돌아보며 웃는 나. 누가 봐도 빈틈없이 행복한 사람의 모습이 담긴 사진 한 장.

실은 별로 행복하지 않았는데……

사진은 믿을 게 못 된다. 저게 일방적인 이별 통보를 받은 지 채 3일도 안 된 사람의 표정이라니. 나조차도 믿기지 않았다. 사진은 그만큼 많은 걸 가려준다. 그래서 더 잘 이용하고 싶은지도 모르겠다.

사진에 내 삶이 여실히 드러난다면 등장인물이 다 자살해 버리는 장면까진 아니더라도 서럽고 불행하게 끝나는 새드엔딩씬 정도 되지 않을까.

46

아무것도 돌이킬 수 없을 때가 되어서야 깨닫곤 한다.

아, 그때 그러면 안 됐는데.
그 말은 하지 말걸.
그 사람 다시 한 번만 보고 싶다.
있을 때 최선을 다할걸.

이런 후회가 반복될수록 무기력해지기만 한다. 사실상 할 수
있는 게 아무것도 없으니까. 아무리 갚아도 결코 청산할 수 없
는 빚을 진 것처럼, 아주 큰 대가를 치루더라도 바뀌는 건 없
다. 하늘에서 내린 비가 바다로 흘러가서 다시는 돌아오지 못
하듯이, 그 어떤 시간도 시절도 돌이킬 수가 없다.
그저 안타깝기만 하다.

유토피아(Utopia). 라틴어 어원으로 유토피아는 No place 즉, '어디에도 없는 곳'을 뜻한다. 우리가 상상하는 이상적인 세계, 착한 사람들만 사는 세상, 좋은 일만 있고 꿈꾸는 대로 이루어지는 세상은 어딘가에 있는 것이 아니라 유토피아. 말 그대로 '어디에도 없는 것'이다. 나는 왠지 모르게 이 말이 삶에 대한 경고처럼 느껴졌다. 요행을 바라서는 아무것도 이룰 수 없고, 믿음만으로는 전혀 나아지지 않을 거라는 경고.

하지만 나는 요즘도 자주 요행을 바란다. 침대에 누워 있는 시간이 좋고 대체로 눈을 감고 싶다. 무기력하다고 둘러대지만 실은 게으르고 싶은 건지도 모르겠다. 무기력은 좋은 핑계가 되니까. 그렇다고 밝은 미래를 상상하지 않는 건 아니다. 나도 내가 잘됐으면 좋겠다. 그저 그에 상응하는 고통을 동반하고 싶지 않을 뿐이다.

욕심이라는 걸 알지만 마음이 그렇다. 좀 더 나태해지고 싶다. 아무것도 이룰 수 없어도, 전혀 나아지지 않아도 좋으니까.

48

신도 우리를 이렇게 만들어 놓고는 난감해하고 있지 않을까, 상상해 본다. 천지창조가 자신의 컨트롤을 벗어나고 있다는 걸 직감한 신의 모습. 어쩌면 신은 우리에게 좀 미안해해야 한다. 스스로 선택할 수 있었다면 우리는 과연 인간으로 태어나길 자처했을까. 만약 정말로 신이 있다면 세상을 이 모양으로 만든 게 미안해서라도 기도를 들어줘야 한다. 인간의 삶이 매번 상처받고, 또 그만큼의 상처를 되돌려주고 서로 속고 또 속이고 밟고 밟으며 올라가는 건 줄 알았다면…….

49

어쨌거나 신이 정말로 존재했으면 좋겠다. 그래서 마음껏 원망할 수 있으면 좋겠다. 왜 이런 세상을 만들어 놓고는 벼랑 끝까지 삶을 떠미는지 한 번이라도 물어보고 싶다.

50

사랑도 일도 마음대로 되는 일이 없다는 친구의 말을 들었을
때도, 그가 돌연 제주로 떠난다는 말을 들었을 때도 나는 열렬
히 응원해 주었다. 제주 바다라면 조금은 위로가 되지 않을까
싶기도 했고 그가 잘되길 진심으로 바랐으니까. 다만 떠난다는
것만으로 문제가 해결되지 않더라도 낙담하지 말았으면 했다.
그저 기운 차리기만을 바랐다.

한 달 남짓 지나 그 친구에게 연락이 왔다.

*부끄럽지만 처음 2주 동안은 그냥 아무것도 안 하고 누워만 있었
어. 뭔가 할 힘도 없고, 하고 싶은 것도 없었어. 그냥 마음이 많이
힘들었어.*

처음부터 어디론가 떠난다고 해결될 문제는 아니었겠지만 그
마음도 이해는 갔다. 얼마나 답답했으면 돌아온다는 기약도 없
이 편도 티켓만 끊고 떠났을까. 하지만 이번에는 마냥 응원만
해줄 수는 없었다.

나아지지 않을 수도 있어. 떠나는 것만으로 모든 게 해결될 순 없잖아.
때로는 무기력이라는 빙하기를 벗어나려면 더 차갑고 날카로
운 말이 필요하다. 친구는 다른 대답 대신 아침에 해변을 따라
좀 걸어 보겠다고 했다.

조금은 이겨 냈을까? 그는 아직 돌아오지 않았다. 돌아오지 '못한'
걸지도 모르겠다. 심신이 쇠한 사람이 삶을 긍정하는 건 참 쉽지
않은 일이다. 다시 만날 땐 한껏 웃는 모습이길 바랄 뿐이다. 부디.

51

할 수 있다, 는 말에도 한계가 있다. 희망적인 말이 언제나 유효한 건 아니다. 인생에서 가장 잔인한 부분은 몸과 마음을 다해 애써도 가닿지 못하는 곳도 있다는 것이다. 넌 할 수 있어, 라는 말이 괜한 희망을 품게 할지도 모른다. 지금은 그저 그만두라는 말만 듣고 싶다. 어떤 희망도 품지 않고 다 내려놓고 싶은 마음. 그저 더이상 아무것도 붙들고 싶지 않다.

52

희망이 어떻게 고문이라는 단어와 곧바로 연결되는지, 그렇게 연결된 '희망 고문'이라는 단어는 또 얼마나 자연스럽게 발음되는지.

53

인생은 선물이라기보다 쓸어도 쓸어도 또 쓸어 내야 하는 가을 낙엽 같다. 사람들 사는 모습이 그렇다. 매일 쓸고 치우고 정리하는데 다음 날 아침이면 또 수북이 쌓여 있다. 온종일 분투한 끝에 할 일을 마치면 무엇이 남아 있나. 어느 가을날 텅 빈 운동장 바닥처럼 쓸쓸해진다. 반짝거리는 멋진 삶을 새로 받는 게 가능할 리 없으면서도 자꾸만 꿈꾸게 된다. 한 번 받은 삶을 팽개치고 도망가려다가도, 그게 안 돼서 또다시 낙엽을 쓸고 있는 모습으로. 곧 울 것 같은 표정으로. 텅 빈 운동장, 낙엽에서 바닥으로 엎어지는.

54

어떻게든 되겠지, 하는 마음으로 살고 있다.
계획대로 될 리 없으므로.

55

인생이 계획대로 된다면 내가 가장 하고 싶은 건

다시 만날 수 없는 사람들을 다시 만나는 일

다시 만나서 정말 미안했다고 말하는 일

그런 사과 필요 없다고 뿌리치는 사람들을 데리고

다시 한 번 고맙다고 두 팔 벌려 안아 보는 일

그 후로 두 번 다시 그 사람들 인생에 나타나지 않는 일

56

언젠부턴가 많이 믿는 쪽이 더 손해 본다고 생각하기 시작했다. 껴입을수록 추워지는 겨울. 믿음은 보온성 하나 없는 겨울옷 아니겠나. 요즘 시대에 진지한 사랑 같은 게 있으려나. 가족 같은 우정 따위가 있으려나. 어느 영화 대사처럼 그런 달달한 게 아직 남아 있으려나.

57

어떤 친구는 밥 잘 사 주는 사람들을 '식쿠'라고 불렀다는데.

식사 쿠폰의 줄인 말이라고. 하하.

먼저 호의를 보이는 사람이 바보일까.

그 호의를 이용하는 사람이 악당일까.

58

글 쓰는 사람이 돼서 사람들에게 희망을 줘야지 자꾸 센치한 글만 쓸 거냐. 너 예전엔 안 그랬잖아.

있는 그대로 쓰려다 보니까 그렇게 됐어. 희망이나 믿음, 사랑 같은 것들이 꼭 아름답지만은 않더라고.

정신이 건강하려면 준 만큼 받으려고 하지 않아야 해. 자꾸 본
전 생각하니까 힘든 거야.

그건 또 무슨 말이야.

왜 저 사람은 저렇게밖에 안 해 줄까, 하면서 속으로 앓고 있으
면 진짜 병이 된다고. 그게 그 사람의 최대치일지도 모르는 건
데. 너무 남들의 행동에 의미를 부여하지는 마.

그래도 자꾸 신경 쓰이는 걸 어떡해.

네가 신경 쓰는 만큼 그 사람이 너를 신경 쓸까? 그래. 불공평
한 거야. 시베리아는 지금도 살갗이 베일 정도로 춥지만 남태
평양 섬들은 일 년 내내 따뜻하고 포근하듯이.

60

기욤 뮈소는 이 세상에 행복해 보이는 사람들이 많은 건 그들
이 다 지나가기 때문이라고 했다. 지나가는 사람이니까 무턱대
고 행복해 보인다는 뜻. 그러니까 행복해 보이는 사람들을 보
고 너무 불행해지지 말라고.

61

카페에 앉아 있었다. 완연한 봄이었고 노트북 너머로는 푸른 호수가 반짝거렸다. 딱딱한 나무 의자, 얼음이 동동 떠 있는 아메리카노와 바람에 살랑이며 떨어지는 벚꽃잎들. 더없이 완벽한 풍경 아래로 꽃놀이 나온 가족이며 커플들이 산책로를 가득 메우고 있었다. 나는 곧 출간될 책의 원고를 다시 읽고 있었고, 누군가에게는 그런 모습이 낭만적으로 보였을 수도 있지만…….

사정은 그렇지 못했다. 당시 나는 실연을 호되게 당한 직후였고, 집필 작업도 진전이 없는 우울한 나날을 보내고 있었다. 그런 내 눈에는 산책로를 걷는 사람들이 너무 행복해 보였고, 스스로가 불쌍하게 느껴졌다. 아무리 지나가는 사람들이라고 해도 너무 행복해 보이잖아. 기욤 뮈소의 말을 매번 되뇌며 살지만 나는 오늘도 여전히 지나가는 사람들을 보고 조금은 불행해진다. 다음 봄은 괜찮을까.

사뭇 자신이 없다.

62

글 쓰는 일이 이따금 괴로운 이유는 자꾸만 뒤를 돌아보게 하기 때문이다. 떠올리고 싶지 않은 기억들을 낱낱이 끄집어내서 그에 맞는 단어와 표현을 생각해 내야 한다. 글 쓰는 재주가 없어서 짧은 글 하나 완성하는 데 긴 시간이 걸리는 것도, 뭔가 쓰려고 하면 매번 머리가 하얘지는 것도 견딜 수 있지만 과거를 자주 꺼내 보는 관성은 차마 견디기 힘들다.

어떤 노래는 들으면 기분이 뭐 같아질 때가 있어.

어릴 적 룸메이트가 얼굴을 찌푸리며 했던 말. 하물며 노래가 기억을 불러오는 것도 불쾌한데, 이미 지나간 때를 자처해서 되짚는 일이 얼마나 쓰라리고 성가신지. 그렇다고 글 쓰는 일을 포기할 리 없지만, 지난날의 치부를 매일 꺼내 보며 사는 게 정신 건강에 해로운 것만은 확실하다.

63

일을 마치고 차로 귀가하던 중 계기판에 못 보던 주황색 경고등이 떴다. 난생처음 본 표시였는데 부랴부랴 검색해 보니 엔진 경고등이란다. 한번도 엔진 걱정을 한 적이 없는데 경고등이 뜨고 나서야 센터에 가서 점검해야 하나, 자동차 동호회에 물어봐야 하나 걱정을 하게 되었다.

사람 일이라면 어떨까. 오랫동안 절친하게 지냈던 친구의 짜증, 심장보다 가까운 내 사람의 투정 같은 것들……. 관계가 무너질 정도는 아니어서 쉽게 지나치던 상황들이 경고등처럼 깜빡이는 거라면 조금은 걱정해야 하지 않을까. 엔진은 자동차의 심장이나 다름없는데, 사람이 사람 일을 소홀히 하면 고장 난 엔진으로 달리는 자동차와 같지 않을까.

64

사람을 잘 믿지도 않으면서 왜 자꾸만 사람을 원하는지 모르
겠다. 인생은 혼자라는 소신 때문에 수많은 사람을 잃었으면서
또 사람을 찾는다. 자존심 하나 굽히지 못하면서 또 손을 잡으
려고 한다. 이 관계도 소홀히 할 거면서, 경고등 잠깐 떴다고 눈
하나 깜짝 안 할 거면서. 또 인연을 쉽게 여길 거면서 잘도……

아무 일도 없었던 것처럼 살려면 그것이 아무 일이 아니게 될 때까지 견뎌야만 한다. '그것'에 무엇이 해당하는지는 각자 다르겠으나, 나 같은 경우는 사람에게 상처 '주었던' 일이다. 상처받은 것보다 되레 주었던 일이 더 괴롭다.

다 지나간 일이 뒤늦게 괴로워져서 화장실 세면대를 붙잡고 팡팡 울었던 적이 있다. 까맣게 잊고 살았는데 갑자기, 그것도 세수하는 와중에 찾아온 것이다.

넌 누구야?

거울을 보며 혼잣말로 중얼거렸다. 왠지 괴물 같아 보였다. 사람 마음을 긁어 파서 뒤집어 놓고는 아무렇지 않게 살았던 날들을 곱절로 벌주려는 하늘의 뜻인 건지. 내가 힘드니 그제서야 지난 과오들을 바로잡고 싶어졌지만 이미 늦어 버렸다.

상처 준 만큼 돌려받는가 보다. 아무 일도 없었던 것처럼 살 수 있는 날이 과연 올까.

숙취에 떠밀려 미리 잡아 둔 약속을 취소하고 근처 편의점에서 컨디션 한 병과 타이레놀을 사서 돌아오는 늦은 오후. 여러 가지 술을 섞어 마신 탓에 두통이 가시질 않았지만 두 번 다시 술을 먹지 않겠다는 다짐 따위는 하지 않는다. 배터리가 얼마 남지 않은 핸드폰에는 새벽에 온 연락들이 쌓여 있었는데 단연 눈에 띄었던 건 *술과 음악깅 아니만 안 될 거 같아,* 라는 한 줄 메모.

잊고 싶은 게 많은 사람은 술을 찾는다. 그날 저녁도 같은 이유로 약속을 잡았던 것이다. 하지만 슬픔은 족쇄 같아서 잠깐 잊을 수는 있어도 벗어날 수는 없다. "용기를 가지세요! 문제를 직시하세요!"라고 말할 자격이 내게 있나? 차라리 "매일 밤을 프리 드링크 쿠폰처럼 막 쓰세요."라고 말하는 게 낫겠다. 그렇게 시간을 탕진하다 보면 조금은 견딜 수 있다.

적어도 숙취가 가실 때까지는.

67

*

2018년 초 비트코인의 폭락으로 많은 사람이 돈을 잃고 큰 빚을 지게 되었다는 소식이 연이어 보도되었다. 십억 원을 하루 아침에 잃고 극단적인 선택을 한 30대 남성의 이야기도 들렸다. 안타까웠다. 나와 아무 상관없는 일일지도 모르지만 느낄 수 있었다. 그 사람의 절망, 좌절 그리고 체념에 대해서.

*

그와 비슷한 시기에 또 다른 기사를 보게 되었다. 강남구 한 클럽에서 오만 원짜리 지폐를 일억 원치 뿌렸다는 37세 남성에 대한 이야기. 매일이 고달프고 자주 곤란에 처하는 삶을 살고 있는 나와 아무 관련 없는 뉴스였다. 그런데도 살짝 부러웠다. 그 돈이면…….

*

위의 두 남자, 그리고 나의 상황은 서로 무관하다. 누군가가 죽음을 고민하는 순간에 다른 누군가는 한없이 행복한 시간을 보내고 있을 수도 있고, 또 누구는 나처럼 아무 생각 없이 인터넷 기사나 읽고 있을 수도 있다. 인생은 그만큼 철저히 개별적이다.

*

철저히 개별적이기 때문에 다들 자기가 있는 자리에서 애쓰고 분투하느라 힘들다. 서로 각기 다른 사정이 있고, 겉만 보고는 알 수 없는 사연이 있다.

*

누구보다 힘들다거나 누구보다 힘들지 않다는 게, 슬픔을 비교한다는 게 애초에 가능한 일일까.

*

너보다 힘든 사람들 많아. 너 정도면 괜찮은 건데 왜 그래. 그러니까 이런 말들. 차라리 하지 않는 게 나을 말들.

*

일억 원치 돈다발을 휴지처럼 뿌렸다는 남성도 자기만의 괴로운 심정이나 사정이 있지 않았을까. 나보다 훨씬 윤택한 삶을 사는 것처럼 보인다는 이유로 한 사람의 슬픔까지 비교의 대상이 되어서는 안 되겠지.

*

누군가의 처지가 딱하다고 내 삶이 행복한 것도 아니고 누군
가의 삶이 눈부실 만큼 찬란하다고 내 인생이 갑자기 시궁창
으로 떨어지는 것도 아니다. 인생은 철저히 개별적이다. 한 사
람의 삶, 그 안에서 각자의 슬픔과 절망과 좌절이 있는 것이다.
서로 비교할 것이 아니라 오히려 감싸주어야 하는 것도 그런
이유에서다.

*

마냥 행복하고 즐거워 보이는 친구가 고민을 토로해도 '그 사람
만의 힘듦이 있겠구나.' 하면서 말없이 어깨를 내어주는 것. 그
것이 우리가 해야 할 일이다. 지구가 둥근 이유는 아무도 구석
에서 울지 말라는 메시지라는데, 우린 서로에게 왜 이렇게 각
진 건지. 서로의 슬픔에 동참하고 이해하기 위해 애쓰다 보면
우리도 지구처럼 둥글어질 수 있지 않을까.

68

위험 사각지대에 놓인 해외 빈곤 어린이에게 매달 보내는 삼만 원의 후원금이 조금이나마 도움이 되고 있는지 모르겠다. 눈으로 직접 확인하지 못하니 속속들이 알 수는 없겠지만, 그렇게라도 도우려는 이유는 그 아이가 정말로 도움이 필요한 상황에 있기 때문이다. 하지만 나 같은 경우는 다르다. 내겐 돌아갈집이 있고 일용할 양식도 충분하다. 내게 필요한 건 누군가의도움이 아니라 혼자서도 버티고 살아갈 수 있는 튼튼한 정신이다. 힘들다고 여기저기 말해 봐야 날 제대로 이해해 줄 사람이있을 리 만무. 남에게 내 바닥을 보여줘 봐야 좋을 것 하나 없기도 하고. 결국은 스스로가 든든한 후원자가 되어야 한다. 가끔은 끔찍하도록 자신이 싫을 때가 있지만서도, 나를 가장 잘이해할 수 있는 유일한 사람이 나이기도 하니까.

3장

위로만으로 해빙되지 않는 마음

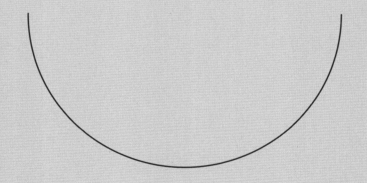

골목길 귀퉁이 모스크바행 비행기는
난기류를 만나도 잠시 흔들릴 뿐 항로
를 따라 순탄하게 친절한 절취선 밤은
이제 시작이다 노랑을 달라고 떼쓰고
싶다 문을 열어 줄까 익숙치 않아서
조심스럽다 마음으로 닿아 보는 일 소
년의 일탈 계란의 삶 현실이라는 바위
언제나 내 편인 사람 아직 더 살아 보
고 싶어진다 절망의 시절도 지나가겠
지만 어떤 위로는 깨진 창문 같다 따
뜻해지긴커녕, 차갑고 싸늘해진다 인
생은 매번 제멋대로 여전히 어리광 부
리고 싶다 무조건 잘될 거라는 말은
거짓말 갈기갈기 찢겨진 종이를 다시
이어 붙일 수는 없는 일이다 언젠가는
오겠지 그때 내 마음은 테두리만 남은
식빵 같았지 하루에 반만 살아 있는
거나 마찬가지

69

준 씨, 이거 정규직 연계형 인턴인데 그렇게 해서 되겠어요?

나와 동년배였던 직원이 톡 쏘아붙였다. 내가 올린 보고서가
마음에 들지 않는다는 이유에서. 다른 건 그렇다 쳐도 '정규직'
을 운운하는 부분에서 자존심이 팍 상했다. 속된 말로 어이없
었다고 해야 하나. 내가 비정규직 인턴이니 자기처럼 어엿한 정
규직이 되려면 잘하라는 말로 들렸다. 나보다 업무에 능숙하지
않은 사람이 사수로 있는 것도 불만이었는데 저런 하대까지 받
으니 도무지 참기 힘들었다.
'정규직 연계형인데 어쩌라고?'라는 말을 몇번이나 삼키다가
돌아오는 금요일에 바로 회사를 관뒀다. 대부분의 사람들이 인
턴 과정을 무사히 마친 후 수료증을 들고 단체 사진을 찍었지
만 나는 채 한 달이 안 돼서 제 발로 나온 것이다. 나갈 때 나
가더라도 한마디는 해야겠다 싶어서 앞으로는 함부로 그런 말
하지 말라는 경고를 하고 빌딩 밖을 나섰다. 내 자존심이 한
가닥 하는 탓도 있지만 아무래도 못 견디겠다.

누군가의 밑에서 불합리한 대우를 받으며 꾹꾹 참고 살아가는 일.

70

'사람들'이라는 말을 자주 쓰는 친구가 있었다.

보통 사람들 다 그러던데?

그 친구가 말하는 사람들이 누군지는 잘 모르겠다. 자주 보는 회사 동기들이려나. 친구는 여행 이야기를 해도, 맛집 이야기를 해도, 결혼, 취업, 월급, 연애 이야기를 해도 항상 사람들은 이렇던데— 하는 말을 습관처럼 했다. 주변 사람들의 평균을 제시해서 설득하고자 했겠지만 잘 넘어가지 않자 날 이상한 사람으로 몰아갔다.

아니 사람들 보통 다 그렇게 생각한다니까?

그러면 너는 평균 수명 되면 사람들 보통 다 죽으니까 그때 죽을 거냐, 라며 화내고 싶었지만 참는 쪽을 택했다. 남들 생각이 어떻든 자기 색깔대로 살 수 있어야 하지 않겠나. 너는 너대로 나는 나대로.

부러지더라도 나무로 살고 싶지 바람 따라 흔들리는 잡초로 살고 싶지는 않다.

핸드폰을 보며 걸어가고 있는데 사각지대에서 빠르게 튀어나온 자전거에 팍 하고 부딪혔다. 악! 소리를 지르며 정강이를 부여잡고 주저 앉았는데, 그 순간 나를 친 게 자전거가 아니라 차였으면 좋았겠다는 생각이 스쳤다. 평소에 아무리 희망을 주입해도 다급한 순간에는 무의식적으로 진심이 나오는 법.

그렇게까지 극단적으로 생각한 이유는 의외로 단순했다. 지긋지긋한 학교 생활이 기다리고 있는 러시아로 돌아가기 싫어서였다. 목숨에 비하면 타지 생활쯤이야 별것 아니지만 당시엔 러시아에 살 바에 지나가는 차에 치여 버리고 싶다고 생각할 정도로 끔찍했다. 날씨건 사람이건 금전적인 문제건 매일이 지옥 같았으니까. 5년 전 일기의 끄트머리에는 *그래도 용기를 갖자,* 라고 써 있었다. 긴 유학 생활 동안 그런 다짐을 수천 번도 더 했지만 다짐이 으레 그렇듯 제대로 실천하진 못했다.

"승객 여러분, 갑작스러운 기류 변화로 비행기가 흔들리고 있습니다. 좌석에 앉아 좌석 벨트를 매 주시기 바랍니다."

나는 결국 모스크바행 비행기에 몸을 실었다.

하, 이대로 추락해 버리는 것도 괜찮겠다. 체념에 가까운 탄식이었다. 다짐은 어디가고 또 위험한 생각이라니. 하지만 내 의지와는 다르게 비행기는 난기류를 만나도 잠시 흔들릴 뿐 항로를 따라 순탄하게 티베트 상공을 날아갔다.

아에로플로트 SU0251편은 장장 아홉 시간에 걸쳐 모스크바에 도착했다. 짙은 안개 때문에 하늘을 날고 있는 줄 알았는데 쿵, 쿵, 쿠궁 하며 랜딩 기어가 활주로에 닿는 소리를 듣고 그때 알았다.

아, 와 버렸구나.

인생은 매번 제멋대로, 가차없이 진행된다. 내 의사와는 크게 상관없다. 늘 그래왔고, 앞으로도 그럴 것이다.

운명을 따르지 않으면 운명이 당신의 머리채를 잡아끌고 갈 거라고 썼던 시인도 지금쯤 질질 끌려가고 있지 않을까. 뭐 어쩌겠나. 받아들이고 사는 수밖에.

72

요즘 부쩍 사람들과 자주 싸운다. 치고받고 싸운다기보다는 일종의 말다툼인 셈인데 대부분 이기려고 들다가 일이 커지는 거다.

내 말이 맞잖아? 네가 잘못한 건데 왜 나한테 뭐라 그래.

서로 잘잘못을 따지기 시작하는 순간부터 일은 꼬이기 시작한다. 아무리 가까운 사이라도 싸우는 순간에는 당장 연을 끊을 듯이 물어뜯는다. 절대 양보할 생각은 없으니까 양반은 못 되겠지. 나중에야 후회하지만 이미 갈기갈기 찢겨진 종이를 다시 이어 붙일 수는 없는 일이다.

넌 자존심 세우는 게 제일 문제야.

한 발짝 물러나는 일이 졸린 눈꺼풀을 치켜세우는 것보다 힘들다. 자꾸만 사람을 잃으면서도 자존심을 내려놓지 못하는 건 어떤 연유일까. 지는 것에 익숙하지 못한 탓일까.

73

친절한 절취선 따위는 없어. 조금 뜯으려다 부욱 하고 찢겨 버
리는 게 인생이지.

74

매일 보는 사람이라도 언젠가는 평생 볼 일 없는 사람이 될 거라는 생각으로 사회생활을 한다. 사랑이 아니라 사회생활이어서 가능한 이야기지만 일로 만난 사람들과는 반드시 적당한 거리를 두며 지낸다. 닿을 듯하면 좀 멀어지고 너무 멀어졌다 싶으면 다시 다가가는 식으로. 사회에서는 친하게 지낸다고 꼭 내 편이 되는 게 아니라 이해관계에 따라 친구도 됐다 적도 됐다 한다. 그 사이를 잘 왔다 갔다 하자는 게 나름의 생존 방법이랄까.

가끔 선을 넘는 사람들 때문에 아예 앙숙을 만들어 버리는 경우도 있는데 그것도 늘 사람들과 거리를 두고 있기 때문에 가능한 일이다. 어차피 집단에서 나가면 평생 볼 일 없는 사람이니까 할 말은 다 하고 보는 거다. 뭐, 나중에 한번쯤 보게 된다 해도 할 말은 다 했으니 후회는 없겠지만.

어느 쪽으로나 사람 때문에 힘든 게 세상살이여서 인간미 없어도 이런 식으로 처세하며 살아가는 쪽을 택했다. 얍삽하고 비겁하다 욕해도 내 입장에선 아등바등 어떻게든 살아 보려는 거다. 귀엽게 봐 주길 바란다면 욕심일까.

75

크리스마스에는 산타가 오지 않는 게 정상이다. 흰 수염 산타가 루돌프와 함께 실제로 나타난다면 온 세상이 충격에 빠지지 않을까. 팍팍한 삶이기에 산타라는 상상의 인물로 위안을 얻기도 하지만 그것은 만들어 낸 이야기에 지나지 않는다.

산타가 크리스마스에 오기로 약속한 적 없듯이, 인생도 내게 봄날이 올 거라고 확답을 준 적이 없다. 언젠간 오겠지? 하며 보이지 않는 걸 믿을 뿐. 답답하지만 현실이 그렇다. 요즘은 어린 아이도 산타가 없다고 슬퍼하지 않는데 어째서 인생에 봄날이 오지 않는다고 이토록 절망에 젖는 걸까.

아저씨, 다 왔어요 어디에 내려드리면 돼요?

아저씨라니. 저기요 기사 아저씨 저 아직 어리거든요? 라고 해봤자 무슨 소용이 있겠나. 클 만큼 다 커 버린 걸. 그래도 여전히 어리광 부리고 싶다. 얼른 개나리를 달라고. 얼른 노랑을 달라고 떼쓰고 싶다.

내게도 봄은 올까. 아직은 산타도 선물도 없는 겨울이다.

형, 형 말은 무슨 뜻인지 알겠어. 논리로 설명하면 형을 어떻게 이겨. 그런데 그냥 감정적으로 서운하다는 거야.

무적의 논리로 반박하던 내가 갑자기 말문이 막혔다. 싸우면 잘잘못을 따져서 사과를 받아 내야 성이 풀리는 성격에다 지고는 못 살아서 화를 낼 때도 꼭 상대방을 이기려 들고, 또 기필코 이기고야 마는 백전백승의 전적을 가진 내가 난생처음으로 할 말을 잃은 것이다. 그 순간 진심으로 미안해졌다. 상대방의 감정을 전혀 생각하지 않고 말하는 버릇이 있구나 하는 것도 그때 알았다.

술을 먹는 와중에 별것 아닌 이유로 티격태격했던 것인데 옳고 그름을 따지다 보니 말싸움으로 번진 것이다. 동생은 말문이 막힌 나를 데리고 건너편에서 해장이라도 하자며 식당으로 안내했다. 육개장 두 그릇과 만두 여섯 점. 만두를 한 점 남길 때가 돼서야 정말 미안하다는 말이 입 밖으로 나왔다. 아무리 잘못했다는 걸 알아도 얄팍한 자존심이 사과를 허락하기까지는 시간이 걸렸다.

사람 문제는 논리가 아니라 감정으로 풀어야 하는데 그게 잘 안 된다. 계속해서 설명하고 해명하고 난 잘못 없어, 로 일관하는 태도가 하루아침에 고쳐질 리 없겠지만 우정과 사랑 앞에서는 큰 문제가 된다.

내가 하는 말이 다 맞잖아. 근데 왜 자꾸 그래?

매번 사람을 이런 식으로 밀쳐 내고는 막상 그 사람이 떠나고 나면 내가 뭘 잘못했다고 그러냐며 의문을 품는다.

마음의 문제를 머리로 풀려고 하니 해결될 리 없다. 가슴에 귀를 대보지 않고는 심장 소리를 들을 수 없는 것처럼, 마음의 문제는 마음에 귀를 대보아야 한다. 이 글을 완성하면 그 친구에게 꼭 보내 주고 싶다. 늦게나마 마음에 귀를 대보겠다는 의미다.

문을 열어 줄까. 익숙치 않아서 조심스럽다. 마음으로 닿아 보는 일.

학생 때는 교실의 삐걱 의자에 앉아서 대부분의 시간을 보냈다. 도저히 수업을 듣기 싫을 땐 책상에 엎드려 자거나, 몰래 핸드폰을 만지작거렸다. 그러다 걸려서 교탁 앞에 무릎 꿇고 손든 채 수업 시간을 보낸 기억도 있다. 우스갯소리지만 그때는 돈을 주면 열정적으로 공부할 수 있을 것 같았다.

웬걸. 돈을 매달 따박따박 입금해 주는 직장에서도 나태하기는 마찬가지였다. 책상에 엎드려 자던 학생은 풀린 눈으로 화면을 바라보며 칼같이 퇴근할 궁리만 하는 조직원이 되었다.

무엇보다 학교나 직장에서는 '살아있음'을 느껴 본 적이 없다. 그저 시키니까, 해야만 하니까 꾸역꾸역 했던 것이지 마음으로 원했던 일은 아니었으니까. 주어진 일과를 다 보내고 나서야 진짜 삶이 시작된다고 여기는 건 나뿐일까. 글을 쓰는 것도, 보고 싶은 사람을 만나는 것도, 맛있는 음식을 먹는 것도 모두 일과 시간 후. 즉, 밤에나 가능한 것이다.

밤에만 존재를 느낄 수 있다니. 그런 식으로는 하루에 반만 살아 있는 거나 마찬가지다. 그래도 어쩌겠나. 나는 또 밤이 되면 집을 나선다. 살아 있다고 느끼기 위해서, 마침내 온전한 '나'가 되기 위해서.

78

너무 힘들어요. 이제 어떻게 살아야 할지 모르겠어요.

괜찮습니다. 앞으로 나아질 겁니다. 다 잘될 겁니다. 희망을 놓지 마세요. 당신의 모든 것들을 응원하겠습니다.

라고 어떤 작가라는 사람이 말했는데, 나는 도저히 저렇게 대답하지 못하겠다. 내가 해 줄 수 있는 말이라곤……

앞으로 더 안 좋아질지도 모릅니다.

저는 확신에 찬 사람들이 두렵습니다. 실패하더라도 너무 상심하지 마세요. 성공도 실패도 결국은 과정의 결과물이라는 점에선 같아요. 그 둘을 같은 걸로 받아들일 수 있을 때 어른이 되는 거라고 저는 시를 통해 배웠거든요.

무조건 잘될 거라는 말은 거짓말입니다. 믿고 살면 더 힘들어질 거예요. 아무 도움이 되지 못해 미안합니다……

*북엇국 주문 시 고객님의 취향에 따라 북어 빼기, 두부 빼기,
계란 빼기를 선택하실 수 있습니다.*

해장하려고 들어간 24시 북엇국 전문점의 메뉴판에 적혀 있던
안내 문구다. 나는 이 문구를 읽고 한참을 고민했다. 북어를 빼
면 그게 북엇국인가? 두부랑 계란은 그렇다 쳐도 북어를 뺄 거
면 북엇국 전문점에 올 필요가 없지 않나. 이런 쓸데없는 생각
을 하다가 만두 북엇국을 주문했다.

아, 그리고 북어는 빼 주세요.

북어는 없지만 두부와 계란과 만두가 동동 떠 있는 북엇국이
나왔다. 한술 뜨고 나서야 '아, 나도 참. 국물 맛을 위해 북어를
넣었다가 나중에 건져내도 여전히 북엇국이라는 걸 왜 생각 못
했지? 국물은 먹고 싶어도 북어 자체를 먹고 싶지 않을 수도
있으니까 적어 놓은 거구나.' 뒤늦게 거기까지 생각이 닿은 후
에야 갈증을 해소한 것처럼 편안해졌다. 이런 쓸모없는 생각을
하면서 밥을 먹는 사람이 또 있을까. 하하.

북엇국은 그렇다 쳐도 인생은 취향에 따라 사람 빼기, 일 빼기,
감정 빼기가 마음대로 안 된다. 마주치기조차 싫은 사람을 매
일 봐야 하는 것도, 하기 싫은 일에서 벗어날 수 없는 것도 거

스를 수 없는 운명일지 모른다. 사람도 일도 빼기 힘든데 감정까지 어쩌지 못하는 우리. 어디 가서 힘든 티 내지 못하고 애써 웃어야 하는 것도 순응해야 하는 인생사인 건지.

이 모든 걸 음식 주문처럼 기호에 따라 넣고 뺄 수 있다면 삶이 얼마나 편해질까. 그런데 인생이라는 음식점에서는 아무리 벨을 눌러도 종업원은 올 생각을 하지 않는다. 가끔 제멋대로 와서 주문하지도 않은 음식들을 놓고 갈 뿐. 어쨌거나 내어준 음식을 거르면 굶어야 하니까 꾸역꾸역 밀어 넣을 수밖에. 어느 만화 주인공의 대사처럼, 죽고 싶어 하는 사람은 없지 않을까. 다만 그렇게 살고 싶지 않은 거지.

꾸역꾸역. 또 하루가 이렇게 지나간다. 이대로라면 내일도 해장하러 와야겠지. 하하.

억눌리고 통제받으면 오히려 더 엇나가고 싶어진다. 가장 억압받았던 시절은 아무래도 학창 시절. 사춘기였고, 혼란스러웠고 하나부터 열까지 마음에 들지 않던 시기였다. 여느 사춘기 소년처럼 금기를 깨트리는 것으로 해방감을 느꼈다. 골목길 귀퉁이에서 몰래 담배를 피워 문다거나 자율학습 시간에 슬그머니 학교를 도망쳐 나와 당구장이나 피시방에 가는 것으로.

그런데 성인이 되고 약간의 자유를 얻으면서 문득 알게 되었다. 내가 담배에 중독된 것도, 게임을 좋아하는 것도 아니라는 것. 그저 사춘기 소년의 일탈이었을 뿐 아무도 간섭하지 않게 되자 관심사는 완전히 바뀌었다. 그토록 싫어하던 독서와 소질 없다고 핀잔만 듣던 글쓰기에 몰두하게 된 것이다. 짓눌리고 있을 때는 전혀 알 수 없었는데, 조금 벗어나니 보였다. 내가 무얼 좋아하고 어디에 열정적일 수 있는지.

오랜 기간 속박당하다 보면 어떻게든 다른 길로 새고 싶어지는 게 인간의 본성 아니겠나. 만남도 마찬가지다. 구속받기 시작하는 순간 관계가 나를 옥죄는 쇠사슬처럼 느껴진다. 그러면 사랑은 살아남지 못하고 그 자리에서 죽거나 탈출을 시도한다. 우린 서로를 좀 더 믿고 손에 힘을 반쯤 풀어줄 필요가 있다.

어느 시집인지 기억나지 않지만 여전히 뇌리에 새겨진 문장이 있다.

새를 키우고 싶으면 새장을 사는 게 아니라 나무를 심고 꽃을 피워서 정원을 만들라고. 그러면 새들이 날아와 노래도 부르고 춤도 출 거라고. 누군가 내 자유를 단속하려 든다면 언제든 다시 불량해질 준비가 되어 있다. 그땐 남몰래 담배를 피워 무는 일로 끝나지는 않을 것이다.

81

내가 있고 내가 있는 다음 당신과 그들이 있는 거다. 나부터 사랑하고 나부터 챙기고 나부터 돌보고 난 후, 그제서야 남들도 사랑하고 챙기고 돌볼 수 있다. 내 인생인데 남의 기분부터 헤아리고 있을 이유가 있을까?

어떤 유명 배우가 재산의 절반을 사회를 위해 환원하겠다고 선언했다는 뉴스를 보았다. 그의 재산을 찾아보니 일조 오천억 원. 곧 도착할 만팔천 원짜리 치킨을 기다리고 있는 나와 대비되었다. 그의 이타심까지 본받기에는 내 지갑이 너무 헐렁하지 않나 싶기도 하고. 나도 그처럼 대인배가 될 수 있을까.

일단은 치킨부터 먹어야겠다.

82

현실이란 놈은 지치지도 않는다. 고분고분 따라갈 때까지, 항복의 백기를 들 때까지 나를 괴롭힐 요량이다. 아직은 승부를 걸 만큼 주먹이 크지 않지만 언젠간 놈을 박살 낼 거라고 다짐해 본다.

현실과 타협하고 싶지 않고, 양보는 더더욱 하고 싶지 않다. 아무리 얻어맞아도 하고자 하는 일은 기필코 해내고 마는 성격 탓이다. 하기 싫은 일은 절대로 하지 않으려는 생고집 때문이기도 하다. 마음 내키는 대로 살려면 작정하고 달려들어야 한다. 계란의 삶은 그래야만 한다.

한두 번 깨지는 거로는 조금도 움직이지 않을 것이다. 현실이라는 바위는.

83

262법칙이라는 게 있다. 조직에 열 명이 있다고 치면 두 명은 나를 좋게 보고 여섯 명은 내게 전혀 관심이 없으며 나머지 두 명은 나를 무조건 싫어한다는 거다. 듣고 보니 그럴듯하다. 대충 비율도 맞는 거 같다. 아닌가, 나를 싫어하는 사람이 더 많았나?

어찌 됐건 내가 집중해야 하는 사람은 명백하다. 나를 좋아해주는 사람 그리고 언제나 내 편인 사람. 나머지 사람들은 지나가는 풍경이나 쓰러지는 병풍이다. 언젠가 그런 말을 한 적이 있다. 사랑하는 몇 명의 사람들과 아름다운 바다를 조망하면 되는 거라고. 모두 껴안으려 할 필요 없다고. 그러면 그게 더도 없는 행복이라고.

간혹 웃으며 다가와서 약점을 살살 캐내고는 뒤에서 헐뜯는 얌체들이 있다. 그런 사람에게 당하지 않으려면 스스로를 숨길 필요가 있다.

준아, 아무도 믿지 마라.

외할머니가 내게 마지막으로 남긴 말이다. 나는 이 말이 팔십 인생을 산 사람의 결론처럼 들렸다. 짧은 전화 통화였지만 10년이 지난 지금까지 여운으로 남아 있다. 아무리 착한 인상을 가진 사람이 오더라도 선뜻 믿음을 주지 못하는 이유다. 쉽게 사람을 믿지 않는 것이 가끔은 아주 좋은 자기방어 수단이 된다. 다만 정말로 좋은 사람이 왔을 때 그것마저 의심하게 되지 않을까 두렵다. 의심만 하다 좋은 사람을 놓치는 것도 참 바보 같은 일인데…….

85

그래도 운 좋게 착한 사람을 만날 때면 아직 더 살아 보고 싶어진다. 나쁜 사람들을 만났던 거지 세상 사람들이 다 나쁘지는 않을 것이다.

인간관계는 매일 자동으로 베팅 되는 로또 같다. 누구를 만나게 될지 아무도 모르지만 벼락 맞을 확률로 정말 좋은 사람을 만나기도 한다. 물론 대부분은 꽝이고, 늘 조심해야 한다.

86

애초에 기대하질 말았어야 하는데.

그러게 기대를 왜 했어. 이제 안 좋아한다고 했잖아.

인연이 끝에 다다르면 아무 말이나 막하게 되나 보다. 아니 어쩌면 부정할 수 없는 사실이어서 막말로 오해하고 싶었던 건지도 모른다. 꽃은 시든 채로도 아름다운데 왜 인연은 끝이 보일수록 점점 추해지는 건지.

다신 보지 말자. 여태 널 만났던 시간과 노력이 아깝다. 꼭 너 같은 사람 만나서 뭐가 잘못된 건지 깨닫길 바라. 제발.

꼭 이런 지저분한 말을 결국 하고야 마는 나.

처음부터 기대한 내가 잘못일까, 그 기대에 실망을 안겨 준 당신 잘못일까.

87

문을 열면
희망이 주검처럼 누워 있다
이불을 들춰 보지는 못했다
아직 숨이 붙어 있다고 믿고 싶다

88

폭포처럼 깨닫게 되는 순간이 있다

붙들려고 애쓰는 일들이 한낱 티끌에 지나지 않을 수 있다는 것을

89

운명이 늘 그래 왔다. 어느 순간, 번개처럼.

90

초대하지도 않았는데 인생에 들어와 정신을 헤집고 다니는 사람들이 있다. 어떻게 하면 그들을 삶에서 내쫓을 수 있을까 골몰하는 밤. 사랑과는 다르다. 그들과는 일로만 엮여 있을 뿐이니까.

일을 관둘 수 없으니 내가 당신들을 관두는 수밖에.

내가 그토록 화를 냈던 건 그 사람이 바뀔 수 있을 거라는 일 말의 기대가 있었기 때문이다. 언성을 높이고 감정을 소모하고 시간을 투여하면 사람을 바꿀 수 있을 줄 알았던 거다. 하지만 그런 식으로 불가능한 일. 이제는 애초에 기대를 하지 않는다. 그 사람은 원래 그런 사람이니까 화를 낼 필요조차 없는 거다. 나는 나, 너는 너대로 평생 살면 된다. 완전히 다른 길을 걸으면 된다. 내가 다시 네 손을 잡는 일도, 너와 내가 우리가 되는 일도 없을 거다. 다시는.

92-1

어떻게 살아야 할지 모르겠다는 말에 친구는 담배를 꺼내 물었다.

야, 야 한잔해.

한잔하자는 말로 급히 갈무리한 친구는 무슨 생각이었던 걸까. 그냥 다 잊으라는 말로 들렸다. 우울하고 불행하고 실패하는 삶이 한순간 좋아질 리 없으니까 당장은 망각해 보자는 것. 어떤 위로보다 든든한 말이었다.

도저히 견딜 수 없으면 없던 일로 착각하는 것도 좋은 방법이 된다.

한잔하는 동안은 말끔히 잊을 수 있다. 운명을 거스를 수는 없으니까 잠깐의 틈이라도 만들어 보자는 것. 그렇게 한 잔이 두 잔이 되고, 두 잔이 또 날을 새게 만들지 모르는 일이지만.

친구가 담배를 뻐끔뻐끔 피우는 동안에도 시간은 부단히 가고
있었다. 일분일초 분명하게 움직이는 시곗바늘. 결국은 모든 게
지나간다고 생각하면서 애써 마음을 진정시켜 보았다.

희망을 가졌다기보다는 단념한 편에 속한다. 절망의 시절도 지
나가겠지만 행복한 순간도 결국은 사그라든다. 또다시 새로운
절망이 다가올 거고 새삼스러운 행복이 찾아올 거다.

잠시도 멈추지 않는 인생이라는 파도를 어쩌겠나.

친구는 짧아진 담배를 톡톡 털어 재떨이에 구겨 넣었다.

나가자.

오늘은 모르겠다. 내일이 된다고 뾰족한 수가 생기진 않겠지만
오늘만큼은 아무것도 모르고 싶다. 밤은 이제 시작이다.

93

사하라에 갔을 때 사막 사람들은 비가 오기를 간절히 기도하
는 것 같지 않았다. 그냥 있는 대로, 되는대로 산다는 느낌.

비가 안 오는데 괜찮아요?

뭐, 최소한 맑고 쾌청하잖아요.

이런 만사태평한 사람들.

내 마음의 사막도 저만치 태연하게 받아들일 수 있을까.

여기도 사람 사는 곳인 걸.

주방 냉장고에 물이 있다고 알려준 후 홀연히 사라진 민박집
노인. 창밖으로 보이는 대낮의 사막은 거칠고 메말라 있었다.
다만 그런 곳에서도 식물은 꿋꿋이 자라고 낙타 무리는 태연
하게 낮잠을 잔다는 것.

조금 더 의연해져야겠다.

94

해가 뜨면 달궈졌다가 밤이 되면 빠르게 식어 버리는 사막. 사막이 온도를 흡수하듯이 세상 일들을 온전히 받아들일 수 있는 사람이 되고 싶다. 그냥 있는 대로, 되는대로. 내릴 기미조차 없는 비를 간절히 바라는 건 지쳤다. 언젠가는 오겠지. 아님 말고.

95

삶이 제자리에 멈춰 있다. 닫힌 문은 열어 볼 엄두가 나지 않고
열린 문은 괜히 망설여진다.

용기를 가져! 어쩔 수 없잖아. 사는 게 다 그런 걸.

참 무책임한 말이다. 용기를 갖는 게 단순히 의지만으로 되는
일일까. 남의 일이라고 너무 쉽게 말하는 것 아닌가? 원하는 대
로 용감해질 수 있으면 한번 사는 인생 후회 없이 살다 갈 수
있을 텐데, 수많은 선택 앞에서 자꾸만 주저하게 된다. 사는 게
다 그렇다고 말한 친구도 본인 문제에 대해서는 고민하고 골몰
하고 머뭇거리지 않을까.

어떤 위로는 깨진 창문 같다.
따뜻해지긴커녕, 차갑고 싸늘해진다.

96

그때 내 마음은
테두리만 남은 식빵 같았지
연약하고 연약해서
툭 하면 부러지는

4장

속으로는 누구나 조금씩 괴물일지도

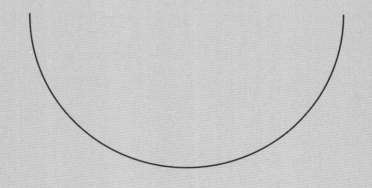

호텔 스위트룸 노력하는 만큼은 돌아
오면 좋겠다 점등하는 가로등 위로만
으로 결코 해빙되지 않는 마음 거센
현실의 물살을 버텨 낼 만큼 더 까마
득해지는 기분 나의 밑바닥까지 보여
주고 싶지는 않아서 타인의 세계에 가
닿을 수 있는 지름길 늘 귀퉁이를 지
키는 나는 오늘도 글을 쓴다 바다 위
를 표류하는 유빙 열심히가 아니라 잘
해야지 그저 경쾌해지고 싶다 귀퉁이
의 삶도 나쁘지 않다고 그럴 때일수록
서로 껴안아 줘야지 숨어 버리고만 싶
은 밤 쏟아지는 현실 등을 보이는 것
새벽 3시 34분 핀잔주는 사람들 초
록이 되지 못한 나뭇잎도 고생 많이
했지, 하고 회상하며 웃었다 좀 더 가
벼운 마음 여지껏 살아낼 수 있었던
건, 몰랐기 때문이다 '순간을 소중히'
보다는 '순간을 마음껏' 전부 탕진해
도 괜찮다는 마음

97

지구적으로 볼 때 한 사람의 슬픔은 보잘것없이 작을지도 모른다. 세상은 개인의 슬픔을 각별하게 여기지 않는다. 서운해할 필요는 없다. 나도 세상사에 신경 쓸 여유가 없기는 마찬가지니까. 가까운 사람도 잘 챙기지 못하는데 대기 오염이니 물 부족이니 하는 것들은 몇 광년 떨어진 문제처럼 느껴진다. 이런 말을 입 밖으로 꺼내 본 적은 없지만 솔직한 내 마음이 그렇다. 아무리 부정하려 해도 누구나 속으로는 조금씩 괴물이지 않나.

글을 쓴다고 이야기하면 9할의 확률로 대뜸 물어본다.

책 내서 얼마나 벌었어?

어떤 글을 쓰는지보다 얼마나 버는지 더 궁금해하는 사람들. 이해는 가면서도 한편으론 정말 그렇게까지 물어봐야 하나 싶다. 돈이 되면 본인도 하겠다는 말인가.

돈 때문에 하는 건 아냐.

할 말은 많지만 매번 이렇게 줄인다. 돈 벌려고 하는 일이었으면 시작도 안 했겠지. 글은 뭐랄까. 왜 쓰는지도 모르고 그냥 쓰게 된다. 우리가 숨 쉴 때 군이 이유를 곱씹어보지 않듯이 말이다. 글 쓰는 이유를 구태여 설명하라면 밤새 이야기할 수도 있겠지만 그런 것들을 떠올리기도 전에 이미 글을 쓰고 있다.

조건 없이 하는 사랑이 참사랑이듯이, 일도 그렇다. 사랑으로 하는 일이라면 돈벌이는 한참 다음 문제다.

99

아무도 그렇게 하늘을 보진 않아.

그런 건 돈이 안 돼……

100

그렇다고 돈 없이도 행복하게 살 수 있다는 말은 아니다. 현재 주어진 것에 만족하고 싶지만 내게 돈은 언제나 부족한 것이었다. 낡고 좁아터진 단칸방 시절부터 지금까지 늘 그래 왔다. 비교하자면 그때보다 조금 더 많이 가진 지금이 더 행복하다.

야, 울더라도 호텔 스위트룸에서 우는 건 좀 다르지 않냐.

친구는 우스갯소리로 말했지만 틀린 말은 아니다. 세속적인 마음을 고백하는 건 위험한 일일까. 열심히 벌어서 좀 더 누려 보고 싶다는 게 솔직한 마음이다.

만약 돈 없이도 행복하게 살 수 있는 사람이 있다면 그저 부럽다. 나는 그렇게까지 초월적인 존재는 못 돼서.

101

열심히 살면 반드시 보상이 있을 줄 알았다. 어릴 적부터 머릿
속에 꾸준히 주입된 탓이다. 노력은 곧 결과고, 결과가 좋을수
록 행복해진다는 진부한 공식. 하지만 충분히 열심히 살아도
그에 맞는 보상이 돌아오지는 않아서 낭패감만 번졌다. 세상을
너무 만만하게 봤던 걸까.

대가를 앞서 생각하고 기대하면 실망도 그만큼 크다. 보이지도
않는 신에게 원망한다고 바뀌는 게 있을까. 노력 없이 보상이
따르지도 않지만 노력한다고 반드시 그만큼의 보상이 있는 건
아니더라. 노력과는 상관없이 인생 곡선이 아래로 내리박힐 수
도 있다는 걸 인정할 줄 알아야 어른이라는데.

그래도 노력하는 만큼은 돌아오면 좋겠다. 아직 거센 현실의
물살을 버텨 낼 만큼 어른이 되진 못한 것 같다.

102

비워낼수록 그만큼의 풍경이 보인다
나는 나 자신에게 얼마나 좋은 사람이었나

103

어두워지고 나서야 점등하는 가로등처럼
모든 것에는 제시간이 있다
우리 존재가 빛날 시간도
틀림없이 올 것이다

104

진짜 좋아하는 일 아니면 헌신하지 마, 라고 당신은 알려주었
다. 그건 바보 같은 거라고. 월급이 필요한 거라면 받는 것 이
상 일하지 말라고도 가르쳐 주었다. 조직은 기억력이 없다고.
그들 말고 너를 위한 일을 하라고. 그러면 전력으로 질주해도
힘들지 않을 거라고. 혹 벅찬 순간이 찾아와도 웃으며 헐떡일
수 있을 거라고.

105

삶 속에 일이 있어야지
일 속에 삶이 있으면 어떡하나

106

떨어지려는 의지 그대로 굳어 버린 고드름처럼
난 끝내 쏟아지지 못하고 덜컥 얼어 버린 사람
곁사람들은 부디 낙하하기를 응원해 주었지만
위로만으로 결코 해빙되지 않는 마음이 있어
움직이는 세계와 꽉 멎어 버린 나 사이의 혹한
거듭 도착 않는 봄이 올 거라고 믿을 수 있을까

107

목적지에 닿지 못해도
충분히 좋은 삶이라 말할 수 있을까
어딘가에 다다르기 위해
치열하게 분투하는 건 이제 지쳤다
버티고 또 버텨 내는 하루를
언제까지 지속할 수 있을지
그저 바다 위를 표류하는 유빙처럼
마냥 떠다니고만 싶다

108

세상 사람들이 일제히 내게서 등을 돌린 듯 버려진 기분이 들 때가 있다. 1,349명의 연락처를 가지고 있지만 당장 전화해서 나 너무 힘들다고, 못 버티겠다고 말할 수 있는 사람 하나 없다고 생각하니 조금 허무해졌달까. 물론 찾다 보면 들어 줄 사람은 있겠지만 나의 밑바닥까지 보여주고 싶지는 않아서 선뜻 통화 버튼에 손이 가지 않는다. 요즘 누가 남의 일을 자기 일처럼 듣고 공감해 주나. 각자 자기 몫만큼 힘들 텐데 괜히 유난 떨고 싶지는 않다.

터치 한 번이면 지구촌 어디로도 연락할 수 있는 세상이 왔지만 핸드폰 액정을 엄지로 쓸어내릴수록 더 까마득해지는 기분.

나는 당신들의 무엇일까.

109

돌아갈 것을 염두에 두고 걸어온 길은 아니지만 되돌아 간다
면 걷지 않았을 수도 있겠다. 착한 사람이 되는 길.

110

노력만으로 닿을 수 없는 타인의 세계가 있다는 건 참 슬픈 일
이다. 아무리 이해하려 해도 도저히 받아들일 수 없는 서로
가 늘 존재한다. 사람에 대한 노력이 포기나 단념으로 이어지
고 마는 것도 이상한 일은 아니다. 사랑하는 사람들이여. 당신
들은 이해라는 불가능한 노력을 어디까지 진행할 수 있을 것인
가. 나는 사람에 대해서라면 체념한 쪽에 속한다. 타인에게 크
게 다쳐 본 적 있는 마음은 상처를 자꾸만 기억하려 하기 때
문. 나와 당신이 절대 포개질 수 없음을 알기에 오늘도 쓴웃음
을 짓는다. 시간과 시간을 아무리 건너뛰어도 타인의 세계에
가닿을 수 있는 지름길은 받지 못할 것이다.

111

인생 어차피 혼자라는 마음으로 살면서도 정작 혼자가 되고
싶지는 않은 모순 속에 살고 있다. 사람을 믿지 못하면서 혹시
나 하는 마음이 드는 것도 그 때문이다. 아무도 없는 곳으로
훌쩍 떠나고 싶은데 막상 떠나지 못하는 이유도 마찬가지. 혼
자이고는 싶은데 외롭고 싶지는 않다니. 참.

나는 집단에서 늘 구석이나 모퉁이에 있는 사람이었으며 리더는
고사하고 좋은 팔로워도 아니었다. 내가 잘할 수 있는 일은 혼자
만의 세계를 만들고 그 세계를 글로 옮겨 적는 일이었다. 지나가
던 선배는 내 공책을 들춰 보면서 "이게 뭐야? 이런 거 할 시간도
있고 널널한가 보다?"라며 비아냥거렸지만 뭐, 계속 그러라지.
내가 집단을 넘어 이 세계와도 별로 어울리지 않는 사람이라는
생각도 들지만 심장이 이끌지 않는 길로는 걸어 볼 마음이 없
다. 주변 사람들이나 집단이 요구하는 가치들이 내게 무슨 의
미가 있나. 불량한 고집이고 불온한 반항이라고 해도 괘념치 않
는다. 아무 데나 충성하고 헌신하는 건 내 스타일이 아니니까.

자유롭고자 한다면 기다리고 순응하고 받아들이는 것이 아니
라 움직이고 반항하고 튕겨 내야 한다. 역사적으로도 그렇듯이
자유는 쟁취하는 것이지 태생과 함께 주어지는 달란트가 아니
다. 헌법에서 여러 가지 자유를 보장하고 있지만 오직 그것만
으로 나는 자유로운 개인인가?

늘 귀퉁이를 지키는 나는 오늘도 글을 쓴다. 이것만이 내게 허락된
유일한 자유이기에. 내게 글이 자유이듯이 누군가에는 또 다른 자
유의 모습이 있을 것이다. 나와 같은 사람들이 있다면 이 글을 통
해 심심한 위로의 말을 전한다. 귀퉁이의 삶도 나쁘지 않다고.

113

잘하고 있니?

예, 열심히 하고 있습니다.

열심히가 아니라 잘해야지.

'조직을 위해 열심히 해 주면 됐지 잘하기까지 해야 하나?'라는 생각이 머릿속을 지배하는 동안 장장 세 시간의 회의가 끝났다. *야, 인마. 너는 너희 부서 일을 남 일처럼 이야기하네?* 정말로 남의 일을 해 주는 거라서 그렇다고 대답하고 싶었지만 역시나 높으신 분 앞에서 그런 말을 할 용기까진 없었다. 커리어를 쌓거나 좋아하는 일을 할 때는 열정페이는 고사하고 무급이어도 열의를 가지고 전념했다. 그런데 단지 월급이 필요해서 하는 일이라면 마음가짐이 다를 수밖에 없는걸.

열정은 돈을 주고 살 수 있는 종류의 것이 아니다. 그 누구도 타인의 열정을 당연하게 바라서는 안 되고, 바란다고 쉽게 얻을 수 있는 것도 아니다. 그런데 이 사회는 노력과 열정을 너무도 쉽게 요구한다. 그에 순순히 응해 줄 이유는 없다. 당장은 돈이 필요해서 붙어 있지만 내 정신은 지구 바깥의 은하계를 유영하고 있다. 종종 멍하니 딴생각을 하는 건 그 때문이다. *야, 저녁에 회식이니까 6시 10분까지 정문 앞으로 모여.*

당장 벗어날 수 없다는 걸 잘 안다.

그저 경쾌해지고 싶다.

114

스스로를 희생해서 타인에게 모든 걸 내어주는 사람. 착한 것을 넘어 바보처럼 타인을 위해 삶을 소진하는 사람. 준 만큼 돌려받지 않아도 마음 쓰지 않고 주는 일에 몰두하는 사람.

그 옆에 자기 말고는 모르는 사람. 주기는커녕 받을 줄밖에 모르는 사람. 타인의 헌신을 당연하게 여기는 사람. 벼랑 끝에 가서야 혼자라는 걸 실감하고 위로해 줄 이를 찾는 사람.

누가 21세기에 적합한 사람인진 모르겠지만 확실한 건 세상에 당연한 헌신은 없다는 거다. 헌신은 곧 희생이고 그런 걸 맡겨 놓은 듯 당연하게 요구해서는 안 된다. 개인이 개인에게도 그렇지만 집단이 개인에게도 마찬가지다.

세상이 각박한 건 누구나 마찬가지 아니겠나.

그럴 때일수록 서로 껴안아 줘야지.

115

우리가 애쓰는 일이 우주 먼지에 지나지 않을 수도 있겠구나 싶은 순간에 모든 게 까마득해졌다. 이런 생각의 고무줄은 지구 반대편까지 늘어났다가 튕겨져 돌아와 나를 산산조각 내고야 말겠지. 지구적으로 볼 때 우리의 절망은 아주 미세하기 때문에 아무도 보려고 하지 않으니까 괜찮다고 말하는 것으로 등을 보이는 것. 아무리 달려도 제자리였던 이유를 조금은 알 것 같아서 숨어 버리고만 싶은 밤이여—

116

우리는 매 순간 더 각별해져야겠다.

언제 멈춰 설지 모르는 회전목마처럼 삶도, 언젠가는.

117

30대 후반 정도로 되어 보이는 여성분이 손을 번쩍 들었다.

질문이 있어요. 지금 제 상황이 뒤로 가면 가시밭길이고 앞으로 가면 낭떠러지인데 어떻게 하면 좋을까요?

강연을 다니면서 수많은 질문을 받았지만 처음으로 멈칫하고 얼버무리게 되었던 그녀의 질문. 당황해서 무슨 대답을 했는지 또렷하게 기억나지 않는데 내 대답에 그리 수긍하지 못하는 그녀의 표정은 아직도 눈에 밟힌다.

실은 저도 잘 모르겠습니다.

이렇게 답했어야 하는데 괜히 사족만 덧붙였다. 모르는 걸 인정하고 싶지 않아서 괜히 희망적인 말을 이어가며 횡설수설한 것이다. 솔직했으면 더 간결했을 것을.

모르는 걸 모른다고 하지 못한 게 후회돼서 이 일화를 꼭 글로 쓰고 싶었다. 이제는 당당하게 말할 깡이 있다. 아무리 많은 강연을 하고 상담을 해도 타인의 슬픔에 대해 완벽히 공감할 수 없고, 그들이 갇힌 미로에 출구가 어디 있는지 알 길이 없다.

다만 확실한 건 궁지에 빠진 사람은 조급한 마음에 상황을 해결하기보단 악화시킬 가능성이 높다. 내게 질문을 했던 분도 조급하고 불안한 심정이었을 거다. 만약 지금 같은 질문을 받는다면 절대 희망이 있다고 말하지 않겠다. 그건 고문과도 같으니까.

차라리 궁지에서 빠져나올 수 없을지도 모른다고 말하는 게 진실되다. 그 진실을 받아들이고, 그럼에도 포기하지 않을 불굴의 의지가 있다면 일말의 가능성이 있다고 말하겠다.

얕게 품은 희망 따위로 쉽게 헤쳐 갈 만큼 세상은 호락호락하지 않다. 벗어나고 싶다면, 쏟아지는 현실을 꽉 물고 밖을 나설지어다.

이거 엄마 더 먹어.

삼등분이 되어 나온 생복만두를 하나씩 나눠 먹고 남은 하나를 건너편 접시에 놓아두며 말했다. 평소 같았으면 "아니야, 너 많이 먹어."라며 다시 내게 건넸을 엄마인데, 처음이었다. 아무리 맛있는 음식이 있어도 늘 양보만 하던 엄마가 이런 맛은 처음이라며 얼른 한 점 더 집어 먹는 아이 같은 모습은 내게 너무 생경했다. 입맛이 없다고, 속이 더부룩하다고 끼니를 거르는 모습만 자주 봐서 그런 건지. 내가 너무 나만 챙겼던 건지.

그날은 내 생일이었다. 엄마를 고급 식당에 꼭 한번 데려가고 싶어서 아주 높은 빌딩 81층에 있는 한식당을 예약했다. 가을 날 오후의 쨍한 햇살과 저 아래 내려다보이는 서울의 잠잠한 모습 그리고 정갈한 한식 코스 요리. 동그래진 눈으로 비싼 건 다르다며 창밖도 한 번 봤다가 밥 한술 떴다가 하는 엄마를 보고 아, 이런 것도 행복이구나 싶었다. 양지바른 곳에는 햇볕도 있고 행복도 있고 맛 좋은 음식도 있었다.

5년 전 같은 날에는 인스턴트 미역국에 끓는 물을 부어 먹으며 생일을 보냈다. 황량한 러시아였고, 혼자였고, 코끝에 바람이 많이 들었다. 행복하지 않았고 지금 돌이켜봐도 좋은 추억은 못 된다. 엄마와도 그때 이야기를 나누면서 고생 많이 했지, 하고 회상하며 웃었다. 완벽히 지나갔기 때문에 웃으며 말할 수 있었던 것이지 우스갯소리는 절대 아닌 이야기.

엄마, 다음에는 그 만두 더 추가해서 먹자.

엄마는 언제 또 오겠냐며 한 번으로 됐다고 하지만 이제는 알 것 같다. 엄마의 거절이 늘 거절은 아니라는 것. 그리고 돈이 많다고 행복한 건 아니지만 돈 없이 행복하기도 힘들다는 것. 아직은 철이 없어서 돈 안 되는 일만 골라 하고 있지만 마음 한 켠에서 또 다른 내가 다짐한다.

더 올라가 보자.

요즘은 소파 같은 데 앉아서 쪽잠을 자고 나면 중간에 잠깐 깨어 행동한 것들이 전혀 기억나지 않는다. 하루는 책 작업을 하다 잠들었는데 친하지도 않은 사람에게 'ㅠㅠ'라고 문자를 보낸 것이다. 그것도 새벽 5시에. 그걸 나중에 발견하고는 당황했던 기억이 있다. 답장은 오지 않았지만 괜히 낯뜨거웠던.

하루는 끼니 대신 크리스피 도넛을 두 개만 먹고 나머지는 남겨두었는데 쪽잠을 자고 나니 도넛이 하나 더 없어진 적도 있다. 입가에 설탕이 묻어 있는 걸로 봐선 내가 먹은 게 확실한데⋯⋯. 도넛을 먹은 것도 가물가물한 사람이 잠결에 남긴 메모가 기억날 리 없다. 새벽 3시 34분에 저장된 메모에는 이렇게 적혀 있었다.

초록이 되지 못한 나뭇잎도⋯⋯.

정확하진 않지만 '초록이 되지 못한 나뭇잎도 나뭇잎으로 쳐주는 걸까?' 하는 물음이 아니었을까 내 나름 해석해 본다. 요즘 유독 그런 생각이 많았다. 안 먹고 안 자면서 열심히 일하는 것이 정말로 나를 위한 것인지. 그저 인정받기 위해 애써 발버둥 치는 게 아닌지.

초록이 되지 못한 나뭇잎도 나뭇잎이듯이, 아무것도 이루지 못한 인생도 인생으로 쳐줘야 하지 않을까. 무한경쟁의 시대에 괜히 맥빠지는 소리를 하는 건가 싶지만 그래도 할 말은 해야겠다.

지금 붙들고 있는 것들 다 내려놓아도 나는 나에게 잘살았다
고 말해 줄 거야. 그만큼 했으면 충분히 애쓴 거라고.

120

죽음이 가까이에 있을지도 모른다고 생각하면 한결 명확해지는 것들이 있다. 애쓰지 않아도 되는 것과 붙잡아야 하는 것, 정말로 관심을 주어야 할 사람과 신경 쓰지 않아도 될 사람이 확연히 구분되는 거다. 스트레스받는 일도, 날 괴롭히는 사람도 죽음을 떠올리면 한순간 아무것도 아닌 게 된다. 그리곤 더욱 중요한 것들이 선명하게 돋아난다. 밀어내고 제쳐두었던 어릴 적 꿈이나 그간 소홀했던 사람들 혹은 습관처럼 미뤄 온 여행 같은 것들이.

언제 끝나도 이상하지 않을 만큼 유한한 생명에 대해 생각해 볼 때 우리는 한 뼘 더 자유로워진다. 이처럼 죽음은 때로 좋은 명분이 되기도 한다. 하고 싶지 않을 것들을 하지 않아도 되는, 가고 싶지 않은 길을 걷지 않아도 되는 좋은 명분.

'순간을 소중히'라는 문구가 대세였던 적이 있다. 네온사인 간판으로도 많이 사용되었는데 당시에는 순간을 소중히 하자는 주제로 글을 쓰기만 하면 사람들의 공감을 쉽게 얻을 수 있었다. 서점가에도 온통 그런 감성을 자극하는 책들로 즐비했고 나도 그 대열에 합류해 적지 않은 서점과 도서관에 나의 책이 진열되기도 했다.

그때는 순간순간을 쉽게 흘려보냈던 것에 대해 후회하는 마음이 있었고, 그 마음으로 글을 썼지만 지금은 좀 다르다. 요즘은 순간을 아무 의미 없이 보낼 때 더 행복감을 느낀다. 진탕 술을 마신다든가 밀린 웹툰을 정주행한다든가 고양이 영상을 온종일 들여다본다든가 할 때.

이제는 매 순간 의미 있게 보내려고 노력하는 게 오히려 피곤해졌다. 의미를 생각하고 행동에 옮기는 것 자체가 피로한 일이 된 거다. 지금 내게 중요한 건 침대에서 하염없이 뒹굴다가 저녁에 무얼 배달 시켜 먹을지 고민하는 일. 근래에는 그저 아무 일 없이 하루 건너가면 그게 행복이라 여기며 살고 있다.

'순간을 소중히'보다는 '순간을 마음껏'이 내 몸에 꼭 맞는 것 같다. 지켜야 할 것이 있는 사람보다 전부 탕진해도 괜찮다는 마음으로 사는 사람이 자유에 더 가까이 있지 않을까, 하는 생각.

122

아버지는 악착같이 살아야 한다고, 시간을 헛되이 쓰지 말라고 수백 번도 더 말했지만 실패했다고 해야 할지 그러기 싫었다고 해야 할지. 앞만 보고 악착같이 살다 보면 당장의 행복은 없고 고통스럽기만 하다. 그렇다고 미래가 탄탄하게 보장되어 있는 것도 아니다. 그야말로 진퇴양난의 하루. 어느 순간 모질고 끈덕지게 사는 게 부질없게 느껴졌다. 오히려 당장 얻을 수 있는 확실한 행복을 추구하는 게 정신 건강에 이롭고, 그편이 미래를 더 좋은 방향으로 이끌 거라고 여기게 되었다. 당장의 행복을 야금야금 챙기다 보면 그게 비타민C이고 오메가3이다

인생은 유예 없는 지금이거나, 아무것도 아니기 때문에.

123

요즘 애들은 인내심이 없어, 라며 핀잔주는 사람들이 종종 있다. 실은 인내심이 없는 게 아니라 바보처럼 살기 싫은 거다. 인내가 언제부터 미덕이 되었는지 모르겠지만 참는 일이야말로 생명 단축의 지름길이다. 하고 싶은 거 하고, 하고 싶은 말 하며 살아야지. 그냥 내려놓으면 된다. 휘둘리며 살 필요 없다는 뜻이다. 우리를 위한 일 별거 없다. 좀 더 가벼운 마음으로 살자.

124

지나간 일은 이미 돌이킬 수 없으며
앞으로의 일은 아무도 모르는 것이니
뒤를 돌아볼 것도
먼 미래를 잡아 보려 할 것도 없다
어제와 오늘 그리고 내일 정도 생각하는 것만으로
모자람 없이 넉넉할 수 있다

여태껏 살아낼 수 있었던 건, 몰랐기 때문이다. 모든 일이 난데 없이 닥쳤기 때문에 힘든지 몰랐고 다 지나서 돌이켜보고는 무척 애썼구나 싶었다. 살아갈수록 경험은 쌓이고 예상되는 일들은 번식하듯 많아졌다.

월요일의 피로를 앞서 예상할 수 있기 때문에 일요일 밤부터 피곤해지듯이, 아직 오지 않은 이별을 한참 앞서 예감한 탓에 별안간 사랑과 멀어지려는 시도를 하는 것. 느닷없이 하늘에서 툭 떨어진 사건이 내 인생을 납작하게 만들 수도 있다는 걸 예상하는 슬픔도 같은 결이다.

요즘 시대에는 경험을 많이 하면 스펙이 되지만, 슬픔은 아무리 겪어도 좋은 이력이 되어주지 않는다. 차라리 아무것도 몰랐으면 더 잘 견딜 수 있었을 텐데.

그저 명랑해지고 싶다.

Outro

사춘기 무렵에 저는 매우 예민한 학생이었어요. 부모님이건 선생님이건 그 누구의 말도 듣고 싶지 않았어요. 공부하라는 말도, 머리 깎으라는 말도, 뭐든 강요하는 건 몹시 싫었거든요. 그래서 아침에 학교 대신 당구장으로 향한 적도 있고, 두발 규정을 자주 어겨서 교무실을 수십 번도 넘게 들락거린 적도 있어요. 참 말썽꾼이었네요.

대학생 때는 하릴없이 책을 읽고 글을 썼어요. 학교 공부나 스펙 쌓기와는 전혀 상관없는 일이었죠. 주변 사람들은 절 한심하게 여겼고 교수님은 "너 그렇게 해서 졸업하고 공장에서 일할 거니?"라며 핀잔주었지만 뭐, 저는 한 번도 그 시절을 후회한 적 없어요.

회사나 조직에서도 고분고분하지 않았어요. 저는 규칙이나 규정 같은 것들과 친하지 않거든요. 모범? 그런 단어는 저와는 어울리지 않아요. 저는 모범생도 아니었고 우수 직원도 아니었어요. 하지만 심장이 시키는 일이라면 누구보다 열렬하고 간절하게 노력하는 사람이에요.

그중 하나가 글 쓰는 일이었거든요. 한 권, 한 권 쓸 때마다 큰 좌절과 낙담을 반복하지만 그럼에도 붙들고 있는 이유는 심장이 이끄는 일이기 때문이에요. 그게 아니라면 진즉에 포기해버렸을지도 몰라요.

삶의 방식을 두 가지로 나눌 수 있을 거 같아요. 끌려가지 않으려고 발버둥 치거나 아예 끌려가 버리거나. 저는 언제나 발버둥 치는 쪽이었고 지금도 마찬가지예요. 근 삼십 년에 달하는 발버둥의 나날에 대해서 떳떳했고 앞으로도 그럴 거예요.

포기하고 끌려다니는 일은 절대 없을 겁니다. 저는 뼛속부터 유랑자이기에 누가 정해 준 목적지로 가지 않아요. 한참을 울어도 세상은 바뀌지 않겠지만 어떤 선택을 하는가에 따라 삶은 달라질 수 있어요. 현실에 순응할지, 고집대로 밀고 나갈지, 그만둘지 아니면 끝까지 싸워 볼지. 실은 다 선택에 달려 있거든요. 당신이 어떤 선택을 하건 그 모든 것이 결정적인 순간입니다. 그러니 어렵더라도 결심하길 바라요.

Ego Sum Lux Mundi.
우리는 세상의 빛입니다.

한참을, 한참을 울어도.

Frame Work

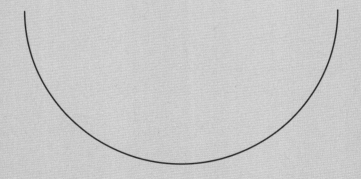

공기처럼 사라지고 싶은 날 하루하루 다른 내가 되어 보는 것 마당이 넓은 집 고양이 키스 진한 초콜릿 크레이프 케이크 낮잠 다시 사랑할 수 있을까 이게 최선일까 원하는 대답을 들을 때까지 버티고 있는 것 위로받고 싶다는 생각 행복에 강박이 생긴 건 아닐까 미움받을 용기가 없어요 길은 하나라고만 생각한 것 내 사람이 아닌 사람에게 잘 보이려고 했던 것 내 우울과 조급함으로 소중한 상대방을 잃게 된 것 정작 나 자신에게는 제일 못된 사람이었던 것 남들에게 빈틈을 너무 쉽게 보여준 것 어떻게 보일까 고민했던 시간들 일이든 사람이든 우선순위를 알지 못한 것 매번 너무 늦었다고 생각하고 나를 틀 안에 가두었던 것 그저 명랑해지고 싶은 마음 나의 슬픔은 안중에 없는 세상 선택한 것과 선택하지 않은 것 그대로 받아들이는 태도

Plot

완벽함에 대한 강박으로부터 벗어나는 것

오래된 것들의 현대적 해석

명쾌한 답변보다는 유의미한 질문에 공들이기

여러 가지 사건들, 그러나 한 가지로 집약되는 주제

상대적 해탈감

우리는 매 순간 미세하게 울고 있다는 것

어딜 가나 있는 나쁜 사람들

아주 솔직하게 써야 한다는 것

누구나 이 정도의 슬픔은 가지고 산다는 사실

얕은 절망

추체험

인식의 여운

디스토피아적인 현실을 그대로 받아들이는 태도

어두운 분위기를 이어가지만 곳곳에 설치된 빛

'나 자신'이 주체가 되어야 한다는 의지

희한하게 괜찮았던 순간들

더 이상 슬프지 않은 것

꿋꿋함

인간의 모순을 솔직하게 들추는 것

예상될 것 같지만 예상과는 다른 흐름

지구 살이에 대한 치열한 해석

우리가 마주하는 슬픔이 삶을 얼마나 더 아름답게 만드는지

심경 변화

희망을 믿지 않다가도 희망을 생각하는

삶의 굴곡

따뜻하지만은 않은 이야기

아포리아

놀이하는 인간

이 세계에 속하지 않으려는 고집

선택한 것과 선택하지 않은 것

내면을 들여다볼 시간

회의적인 태도에서 오는 공감대

새로운 인식을 생산해 내는 것

나의 슬픔은 안중에 없는 세상

공감만으로 성립되는 위로

아픈 깨달음

그저 명랑해지고 싶은 마음

노력해도 변하지 않는 것

Thoughts

참으면 모든 게 해결될 거라 생각했던 것

함부로 말했던 시간들

젊은 날에 더 많이 도전해 보지 않았던 것

착하게 대하면 남들도 내게 다정할 거라 착각했던 것

매번 너무 늦었다고 생각하고 나를 틀 안에 가두었던 것

아니다 싶으면 아닌 건데 미련으로 붙잡고 있었던 것

표현할 수 있을 때 더 하지 못했던 것

상처받을까 봐 하고 싶은 말이 있어도 혼자 속으로 삭이고 참은 것

바보같이 한 마디도 하지 못한 것

충분한 노력을 하지 않은 것

내 진심을 상대방이 악용하는 것

일이든 사람이든 우선순위를 알지 못한 것

어떻게 보일까 고민했던 시간들

소중한 걸 알고 있지만 익숙해질수록 무뎌진 것

남들에게 정을 주었지만 배신으로 돌아왔을 때

타인의 시선을 신경 쓰느라 정작 나를 신경 쓰지 못한 것

남들이 한다는 이유로 따라 했던 것

다른 사람들 기대를 채우려고 했던 것

먼저 다가가지 못했던 것

남들에게 빈틈을 너무 쉽게 보여준 것

겁먹고 용기 내지 못했던 것

모든 이에게 친절하고 싶어서 노력했던 것

정작 나 자신에게는 제일 못된 사람이었던 것

거절하지 못했던 순간들

다른 사람들의 분위기에 휩쓸려 타인에게 상처를 준 것

너무 과한 배려를 베푼 것

내면에 솔직하지 못했던 것

내 편을 많이 만들지 못한 것

너무 열심히 살았던 것

끊어 내야 할 관계 때문에 혼자 힘들어했을 때

나를 잘 알지 못하는 사람들이 툭 던진 한마디에 상처받은 것

날 싫어하는 사람으로 인해 마음고생 한 것

내 우울과 조급함으로 소중한 상대방을 잃게 된 것

생각이 짧은 말을 뱉어 누군가에게 상처를 주거나 오해를 부른 것

내 사람이 아닌 사람에게 잘 보이려고 했던 것

참으면 복이 온다는 말을 믿었던 것

사람들을 너무 믿고 살아온 것

내 희생으로 타인에게 행복을 줬지만 정작 나 자신은 만신창이가 된 것

길은 하나라고만 생각한 것

상처

착한 척하지마. 네가 그렇지 뭐. 눈빛이 왜 그래. 또 우냐? 그만 좀 울어라. 너보다 힘든 사람 많아. 너는 왜 변하지 않니. 열심히 하긴 네가 뭘 했니? 징징대지 마. 울지를 말든가. 우울증? 이 세상에 우울증 없는 사람이 어디 있어. 네가 힘든 건 의지 박약 때문이야. 넌 왜 그렇게 현실감이 없니. 그럴 줄 알았어. 그것밖에 못해? 너만 그런 거 아니야. 그렇게 되나 봐라. 네가 할 수 있겠냐? 웃지 마. 외롭다 느낄 시간이 어디 있냐, 그 시간에 잠이나 자. 나한테 고마운 줄 알어. 한심하구나. 말 같지도 않은 소리 하지 마. 기껏 생각해 줬더니. 징하다 정말. 내 진짜 모습도 모르면서 보여지는 게 전부라고 생각하는 말들.

사람

사람 속은 알 수 없어요. 정답이 없어요. 얼마큼 나를 보여줘야 할지. 모든 게 아직 서툴러서. 기대한 만큼 실망하고, 자꾸만 욕심이 커지는 것. '다르다'를 '틀리다'로 해석해 버리는 것. 상대방은 내가 아닌데. 온도 차이. 잘하려고 애쓰다 가도 포기하고 싶어져. 거짓투성이. 서로 다른 마음의 크기. 치유. 내 마음 같지 않아요. 모든 게 다르니까. 다른 것을 인정하는 것. 믿음. 눈치 게임. 미움받을 용기가 없어요. 지켜야 할 게 많아서. 서로가 바라는 방향이 달라서. 혼자서는 살아갈 수 없는 세상. 함께 살아 보겠다는 의지.

고민

나 자신

그 사람

미련

행복해지는 법

내가 없어지면 날 찾아줄 사람이 얼마나 있을까

그럼에도 불구하고

남은 인생

잘하고 있는 걸까

알면서도 놓지 못하는 것

해야 하는 것과 하고 싶은 것

주름살과 뱃살

행복에 강박이 생긴 건 아닐까

야식

미래가 막막해요

세상살이

퇴근

만남과 헤어짐

받기 싫은 연락

정체성

내 사람들이 과연 누구인지

어떻게 살 것인가

좋아하는 일과 잘하는 일

인생의 덧없음

방향성

그냥 단지 살아가는 것

퇴사

살고 싶은 생각

죽고 싶은 용기

사람을 못 믿겠어요

갈림길과 선택

위로받고 싶다는 생각

원하는 대답을 들을 때까지 버티고 있는 것

노력

행복하면 다시 힘들어질까

어떻게 이상을 현실로 만들 수 있을까

헤어지자 말할까

하소연

이게 최선일까

다시 사랑할 수 있을까

무기력

행복

너무 멀리 있는 것
가까이 있는데 안 보이는 것
좋은 사람
낮잠
미래를 꾸려 나갈 때
전기 장판
진한 초콜릿 크레이프 케이크
음악과 이어폰
있다가도 없는 것
모든 순간
키스
멀리서 보면 아련한 것
추억
꽃다발
한겨울 손난로
계절처럼 스쳐갔다 다시 오는 것
주말
계획에 없었던 순간들
고양이
손가락 사이로 빠져나가는 모래
사랑하는 사람

꿈

단 하루라도 걱정 없이 사는 것
돈과 행복의 상관관계
하고 싶은 걸 알게 되는 것
자유를 얻었으면
긍정적인 생각
아무도 없는 곳으로 떠나기
고양이가 되는 것
나 자체로 살아가는 것
아침에 눈을 떴을 때 할 일이 있는 것
내 자신을 사랑하는 것
마당이 넓은 집
하루하루 다른 내가 되어 보는 것
번지점프
열정을 잃지 않는 것
공기처럼 사라지고 싶은
운명을 거스르는 것
편견 없이 살아가기

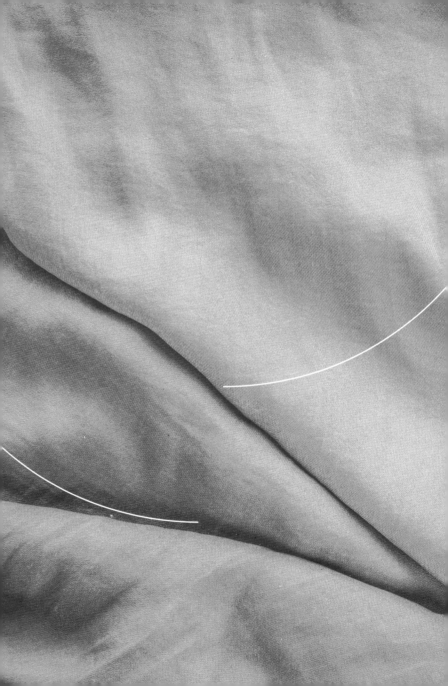

한참을 울어도
몸무게는 그대로

한참을 　　　울어도
몸 무 게 는 　 그 대 로

초판 1쇄 발행 2020년 1월 13일

지은이 김준
펴낸이 이광재

책임편집 김미라
디자인 이창주　　　　**마케팅** 정가현　　　　**영업** 허남

펴낸곳 카멜북스　　**출판등록** 제311-2012-000068호
주소 서울 마포구 성지길 25 보광빌딩 2층
전화 02-3144-7113　　**팩스** 02-6442-8610　　**이메일** camelbook@naver.com
홈페이지 www.camelbooks.co.kr　　**페이스북** www.facebook.com/camelbooks
인스타그램 www.instagram.com/camelbook

ISBN　978-89-98599-64-5 (03810)